ПРОМИЦАЊЕ КРОЗ РАЗДВОЈЕНЕ ДАНЕ

ПРОМИЦАЊЕ КРОЗ РАЗДВОЈЕНЕ ДАНЕ

(роман о „догађајима" који се нису одиграли)

Владимир Радовановић

Globland Books

ИЗМЕЂУ БИТИ И НЕ БИТИ (ПРОМИЦАЊЕ КРОЗ РАЗДВАЈАЊЕ ДАНА)

Владимир Радовановић је на свој покушај да ухвати моменте самог бивствовања човека у одсуству стварних збивања, већ скренуо пажњу врло запаженом лирском прозом, *Еуфорија и пад кишних капи*. Семантика овог наслова указује на осећај ништавила које оличавају дани а „промицање кроз раздвојене дане" би могло указивати на некакав смисао по чему се тај бескрајни низ прекида и остаје у памћењу. Стога се егзистенција своди на саму суштину, на оно по чему одређени дани светле у свести као драгуљи у мраку подсећајући да је постојало и нешто драгоцено, непролазно и трајно, упркос брисању дана које је неминовност. Или да се бар о томе интензивно сањало!

У новом рукопису *Промицање кроз раздвојене дане...* аутор иде корак даље у настојању да опише стања својих јунака, која су њихова бит што се оглашава у безобличном низању дана који чине живот. То је унутарње осликавање свести кроз речено, онај импулс живота који оживљава кад се чини да је све прошло, заустављено, порушено. То је глас Бића које се отима небићу што га снажно вуче на дно, као што је то са наратором, односно гласом у његовим записима који су остали у белешкама а које су у поседу неког ко трага за њим: Постоји тренутак, убеђујем себе, постоји. Када подигнеш руке, предаш се, повучеш, избришеш себе. Постоје облици пораза који су привид, јер ниси поражен. Време, ја, и... Ништа. Иза или испред, зависи од погледа... Постоји непостојање, **постоји обликована илузија,** (подвукла М. Ј. Л.) и изнова све. Овим исказом успоставља се тријада, Ерос, Уметност, Танатос и све се ту одвија у сфумату могућег. Напоменом *роман о „догађајима" (који се нису одиграли)* аутор настоји да разарањем основних структурних жанровских постулата оствари романескну форму измештањем главног лика и сижеа у неке расуте белешке, и да оквирном причом са детективским призвуком повеже све.

Иако у роману постоји неколико ликова, главни јунак је одсутни лик за којим се трага и чију судбину дознајемо посредно кад упловимо у дубље слојеве ове хибридне прозе у којој је доминантно тзв. дисконтинуирано приповедање, где се флешбековима дочарава целина минуле радње, и у којој се, у крајњем случају, расправља о односу према добру и злу, односу према смрти, љубави и смислу живота. Можда је кључна поетичка реченица..., постоји обликована илузија, и изнова све, у којој се у најдиректнији однос доводе доживљај живота и празнине, бесмисла који потискује све реално што је прошло и попримило облик илузије јер је израз перцепције минулог... Те вечери, започео је исповест о жени коју је страсно волео, описивао је ту жену, а мени је било јасно да слика у ваздуху представља њен лик, карактер, али није то могао са сигурношћу потврдити. Један детаљ, тај детаљ је недостајао да би прича била заокружена. У једном тренутку, гласније, као да је желео да и ноћ чује, а не само ја, описивао је ту жену као разуздану, немирну, склону флертовима, играма, изазовима. Иза тога ништа, све се завршавало, према његовој причи, на играма које су биле до усијања и... крај. Поента је ипак у записаном, у слици која остаје иза човека, те и у уметности која чува ту представу о ономе што је проживљено (измаштано) јер писање врло често представља пробијање граница унутарње тескобе, као и нарастање могућности да се жељено представи као проживљено, а илузија да је то вечно и да представља неки наставак укида илузију краја егзистенције: Гомила збрканих бележака, дуго скупљане дивље жеље, неконтролисане емоције у које бих могао склизнути. Све је нарасло, прешло границе, и немогуће је постало стварност. Сва лутања погледом, мислима, сви призори... Све је ту и није крај. Аутор у делу дочарава савремени урбани свет који живи прилично промискуитетно, где се све своди на телесни доживљај и површне необавезујуће односе, где се све исцрпљује у проживљеном тренутку иза чега не остаје ништа, ни сећање, ни жеља за дубљим познавањем партнера, нити се трага за сврхом тог сусрета, живота у крајњем смислу. Но, негде, у неком од њих оживи мисао на суштину, на нужност дубље спознаје себе кроз увид у друге који ипак нису подршка оној скривеној крхкости бића које на крају жуди за прихватањем и припадањем.

Још увек осећам гнев и горчину и немоћ коју сам понео оловним корацима. Можда се то никада и не догоди, или ће се догодити када будем осетио да је крај тако близу и да ми неће пружити последњу прилику да одшетам своје последње шетње по рушевинама сећања, да ходам несигурно и споро између непознатих и далеких људи. Можда ћу, ако се догоди, сакрити немоћну старачку сузу. Ретки који ме угледају можда ће помислити: сенилни старац који хода у сусрет смрти, плаче, а не зна зашто.

У нарацији богатој лирским описима душевних стања, раскошним поетским дискурсом, у првом плану је ипак, проблем сусрета са самим собом који се ни до краја не разрешава... Ко сам? Питање развлачим кроз дане.

Питам се и сад, на одломљеном комаду обале. Река ћути. Мрак ћути. Постојим, а не желим. Жељни живота и пуни наде падају као покошени, а ја постојим. Провлачим се кроз скривеност. Разбијено биће покушава да докучи истину о себи. Да се покрене из обамрлости и бесмисла...

Заспао бих на леденој постељи. Заувек. Могу и желим, али мучно ми је, патетично, плесати бљутави плес лишен страсти. Волим стање свезаности, окове ума којима, колико год се опирао, на крају признајем пораз.

Све се своди на бекство од себе и потврђивање у новом лудилу страсти. Битак свест о себи формира из виђења других, то јест две жене са којима је у блиском односу и чији суд га дотиче јер је у подједнаком односу зависности од њих било да је у питању емоција или страст. Будући да је сав фокус на тренутном доживљају живота који само зависи од тога какав је одговор те две силе које га увлаче у ковитлац губљења сопства, незадовољства собом, празнином која се једино снагом пожуде попуњава, немир и даље остаје делатан: Наш однос је страст, прљав је и никакав план неба не постоји. Све је само сусрет похоте случајних пролазника који препознају слабости и жеље оног другог. Није било храбрости у нама да поделимо илузије, да признамо тешку и немогућу стварност. Жеља, она је била бледа водиља и ништа више.

У директном судару еротике и смрти, јављају се посебна душевна стања која указују на извесну подељеност личности, недефинисани идентитет, душевне поремећаје који се наслућују јер је бекство од живота веома наглашено. Однос духа и тела потцртан је кроз неконтролисану жудњу која је и подстицај и оно што зауставља живот Радовановићевих јунака. Све је сушта осујећеност да се доживи пуноћа, да се успостави лековит однос са собом кроз друге. Илузије су лепе, лакше се са њима живи. Постану стварност, с друге стране све је изазов да се поново упливи у авантуре да се проживи лудило страсти које се повремено исказује као једини мотив за живот. Са осмехом, као да ништа није било, чинила је да се осећам узвишено. Описи моје посебности су ме заваравали. Губио бих себе, поверовао бих слатком отрову. Из отворених нагона, бујали би страст, задовољство, опсена, варка, истина! Глас, водио би ме у шетњу по облацима. Дарови су били на празном столу, извукао сам их из скривености. Са узвишеном љубомором, скривао сам их од погледа радозналих. Нисам дозвољавао да се наруши чаролија. Дар, издвојен из мноштва ме посматра, посматрам и ја њега.

Сасвим много изгубљеног времена и празних сећања је у мени. Бар једну пакост да учиним, да је оставим као сувенир. Бегунац-ја, стављао сам кључ у браву. То сам ја. Бићу неко други када закључам последњу препреку, тврда и тешка врата. Кључ је клизио низ сливник. Бујица прљаве воде, доћи ће и однети све. Бегунац-сенка, изненада је нестао иза огромне бетонске сенке... Да на зло узврати злом и изједначи са светом уместо да покуша нешто да исправи јер се већ поприлично урушено ја унутар бића раслојава и бива свесно да се ништа више не може променити и да је све то са њим само део појава које се дешавају у животу онима који нису нашли себе и узалуд се траже у другима.

„Дар” са тамног неба и капи црних облака, све ће се поновити још много пута. Посматрам себе, можда осећам олакшање јер нећу разбити огледало у парампарчад.

Убедићу себе да је све исправно. Мирна савест, непроцењив дар у самообмани. Неко је прогутао моју тугу и јед. Корак се морао догодити! У мислима којих се сећам, говорио сам: крај или заокрет. Најзад, срећа се осмехнула бегунцу. Срећа човеку који није имао себе.

Аутор настоји да осветли однос страсти и љубави, душе и тела, живота и смрти. Да до крајности огноли релацију мушкарца и жене (жена), њихове неспоразуме, жудње, бекства и налажења. Да околностима супротстави чисту нужност утапања јединке у другом како би стигла до самозаборава, до себе. Однос који често није ни чист ни искрен, али свеједно потребан.

„Љубав си моја... али разочараћу те. Ничија сам, свачија сам...“, са истом, полуделом искреношћу изговорила је и супротност. За њу, ништа чудно, то је она.

„Знам“, потпуно мирно сам одговорио. Чак нисам осећао повређеност, нисам био разочаран. Потребан ми је био овај парадоксални тренутак, све је огољено.

Какав је однос јунака према добру као највишој категорији моралности. Идеја добра је далеко од њега, као и питање сврхе сопствене егзистенције. Код њих је добро оно што их уздиже изнад сопствених провалија, страст а не љубав. Но, код њега се временом ипак мења угао из којег посматра и себе и друге.

„Знам да нисам најбољи. У мени не постоји ништа вредно осим искривљених емоција. Све у мени, рођено је у лудилу, страсти, страховима, скривености. Али, овакву емоцију можда никада ниси сусрела и можда нећеш...“, заћутао сам, оставио празно време. Учинио сам празнину баналном, уобичајеном.

Међутим, добро није присутно ни на нивоу целине дела, једна од јунакиња нема тај проблем да ли је опасно увући некога у авантуру тек игре ради, јер се не рачуна да се некоме може нанети зло ако се веже а нема наде да се тај однос учини трајним. Она признаје да јој осећај припадања није својствен и да је „ничија“!

„Вас троје постојите. То је довољно за лаж, илузију, чак и збрку. Ја сам сувишан.“

„Сви постојимо. Ти постојиш више од било кога. Не иди, ти си део приче.“

С друге стране, огрешење о добро као моралну вредност нема ни неко ко је супругу открио несташне игре једне од јунакиња, што је резултирало трагедијом при којој бива унакажена. Ипак, идеја добра пулсира у споредном лику, жени која прича део ове необичне романескне сторије која је најближе дефиницији Фукоовог отвореног дела и коју читаоци могу дограђивати сходно реакцији на њен садржај... У њој се појави суза док о томе саопштава детективу који трага за несталим главним ликом, тако да се идеја моралности и емпатије за туђу несрећу не укида сасвим, и оставља се могућност људског резона упркос свести о томе да мало њих држе до тога, јер сви смо „део приче", сви трагамо за идентитетом који се временом мења, за лепотом која упркос времену светли у човековој души и спасава га од спољашњих мракова. За лепотом уметничких садржаја који оплемењују непрекидно низање дана, попут ове узбудљиве књиге Владимира Радовановића о модерном добу и губљењу сопства.

Мр Милица Јефтимијевић Лилић

ПСЕУДО (ОСВРТ НА РОМАН „ПРОМИЦАЊЕ КРОЗ РАЗДВОЈЕНЕ ДАНЕ"

После четири књиге приповедака и романа *Месечева улица* Владимир Радовановић исписује свој други роман *Промицање кроз раздвојене дане*. Стваралачко и стилско искуство које је стицао и развијао током година у којима су настале његове претходне књиге резултирало је једним самосвојним и зрелим уметничким делом.

Основне одлике његових ранијих књига прозе које је карактерисала фрагментарна композиција, херметичност у односу према спољном простору и непрестана аутоанализа такође налазе место, чак и у широј форми у роману *Промицање кроз раздвојене дане*. „Усудни простор" углавном омеђен са четири зида, као и исти такав простор у коме размишља и дела главни јунак, аутор физички и мисаоно веома проширује у роману *Месечева улица*, а у овом најновијем га сасвим оставља „иза себе".

Као и раније Владимирове књиге и овај роман можемо сврстати у „nordic noir". Тај књижевни правац углавном обухвата „криминалистичку фантастику" и почиње отприлике четрдесетих година деветнаестог века у нордијским земљама. Узима замах, да тако кажем у двадесетом веку и прелази у двадесет први век. Међутим, ако се потрудимо да сагледамо ширу слику и изађемо из оквира криминалистичке фантастике, елементе овог правца можемо наћи код Ибзена, а поготово у драмама Стринберга као што је драма *Отац*, као и код савременијег и временски нама ближег Ларша Нирена у драми *Ноћ је мајка дана*. Структура романа *Промицање кроз раздвојене дане* шира је и сложенија је од свега што је Владимир до сада написао. Поднаслов романа гласи: *роман о „догађајима” који се нису одиграли*. Аутор, међутим, ширећи слојеве романа у романескно ткиво, поред главног јунака, без имена и ближих персоналних одредница, уводи и женски лик, сенку, појаву, привид — можемо је назвати било којим од тих имена/термина — или свима њима заједно.

Управо ту настаје најбитнији искорак у досадашњем стваралаштву Владимира Радовановића — у димензију љубави и страсти. Љубавници који се мимоилазе кроз размакнуте дане, кроз, снове и привиђења. Особе које се воле и не воле, које се кају, маштају (чак болно) о стварном и страсном загрљају. Све ово буди код читаоца сумњу у исправност и истинитост поднаслова романа.

Љубав која као плима покушава да преплави и разнесе пред собом све препреке, може бити имагинарна — колико и стварна. „Жена” — а именицу жена сам ставио под знаке навода, јер може бити и сена, обмана, илузија, предњачи у својим изјавама љубави, у страсти, губљењу контроле над собом. Такође предњачи и у кајању, анализирању својих емоционалних стања. „Мушкарац”, пак као на клацкалици одмерава своја осећања према њој, избегава је, љут је на њу, сасуо би јој у лице бројне увреде (а при том прижељкује да је страсно загрли и да остане у њеном загрљају ван времена и простора). Амбивалентност њиховог односа једно према другом, стално варира. Ово надгорњавање можемо посматрати и из угла Анимуса и Аниме, како се то најчешће разматра, али не смемо губити из вида, да ако исту ствар разматрамо, да тако кажем из женског угла, онда постоји мала разлика, јер је онда редослед друкчији Анима па Анимус. Владимиров свет главних јунака функционише по принципу

Аниме, јер она углавном иницира први импулс који покреће односе између њих.

Као што сам напоменуо раније Владимир негира те своје „ликове”, па у извесној мери и њихову приврженост једно другоме. Међутим, то је само један од слојева ове компликоване везе између „двоје” у овом роману. У неким дубљим слојевима и сам Радовановић као да стаје у одбрану њихове везе, јер свом јунаку у вокабулар ставља стилске фигуре и реченице које би се могле поистоветити са стиховима. То до сада није био случај у његовој прози. „Потрошио сам милост неба”, „Нисам могао да верујем да испод погажених дана живи раскошан цвет”, „Корачао сам стазом ране јесени”. Ове лирски интониране реченице више личе на стих него на прозу. Наравно, све ово утиче да читалац просто почиње да „навија” да се најављивана љубав најзад и оствари. Будимо искрени и признајмо себи да је свако од нас у животу имао једну овакву, или сличну овој, турбулентну љубав.

Више него у ранијим Владимировим књигама прозе, овде је апсурд и подвојеност прожета изузетним исказима који чине темељ једном, па макар и наизглед искривљеном погледу, на живот и дешавања у њему. „Све може стати у трајање цигарете која гори.” Филозофска флоскула коју не можемо заобићи. То је све — такорећи ни у чему. Док цигарета гори човек може да умре, а може и да се роди. Сваке секунде на нашој планети негде се дешава једно а негде друго. Ово је одличан пример „минимизације” — суженост догађаја, суженост „видног поља”, а истовремено и ширине мисли — коју нам пројектује аутор романа. „Добро знам са колико лакоће постојим у ћутању јер оно највише говори.” И овај цитат показује да се велике животне истине могу саопштити само у једној реченици.

Оно што такође морам напоменути, а појављује се чешће него у претходним књигама Владимира Радовановића је оксиморон — стилска фигура која представља спој неспојивог. Навешћу само неколико примера коришћења ове стилске фигуре. ... „пружам руку да додирнем брод који ће ме однети. Успео сам, нисам га дотакао.“... „Дани су предуги. Дани су кратки.“ ... „Ја и непостојеће постојање.“ итд. Ова стилска фигура сугерише нам и појачава ионако видљиву биполарност главног јунака романа.

Роман *Промицање кроз раздвојене дане* састоји се од 73 исечка, или можда би било још боље рећи секвенце. 73. секвенца је другачија од свих осталих јер у њу аутор уноси малтене криминалистичке елементе који покушавају да разјасне нестанак главног јунака, који се наговештава неколико сцена раније. Владимир, у најбољем маниру своје прозе ни у последњој секвенци не нуди читаоцу очигледно решење и крај романа. Он само усмерава, што би рекли, натукне, читаоцу да се нешто десило под околностима које нису довољно неразјашњене, толико и ништа више.

Најзад, намеће се питање, под којом карактеристиком или одредницом бих препоручио овај роман читаоцима. Препоручио бих га без даљњег, поготову онима који се не либе да зароне испод површине свакодневице и проанализирају свој живот и своје окружење. У једном тренутку живота, пре или касније, таква анализа се скоро свима намеће.

Владимир Радовановић често употребљава термин „привид“, а ја бих употребио шири, са више капацитета и оштрији термин „псеудо“. То је префикс у неколицини речи грчког порекла, али се попут термина који су такође префикси, као што су „кардио“ и „психо“ може користити и самостално. Псеудо се у сложеницама највише користи у значењу: варљиво, обмана, нетачно, лаж, привид.

Будимо на крају сурово искрени према себи и признајмо, у условима у којима живимо у другој децинији двадесет првог века, притиснути сугестивним моћима „демократије“, рекламе и захваћени купохоличарским вихором, да сваки од наших живота садржи бар део термина — псеудо.

Оливер Јанковић, књижевник и књижевни критичар

На све начине покушавао сам да избришем свој лик из сећања. Он је остао за крај, последњи. Силно сам желео да учиним још тај један корак. Није се догодио, ни сада не знам зашто, тај избледели тренутак као да је ишчилио, нестао.

Јутро је било пријатно, ни најмање тешко. Сигурних мисли започео сам једно сасвим ново путовање у непознато. Бесмислена нада? Чврста и непоколебљива жеља, или...? Ишчекујем, бескрајно и нестрпљиво. Помирен сам са том чињеницом, али не гасим наду. Сулудо храбрим себе и пружам себе себи. Шта? У исцрпљујућој и неравноправној борби храним себе лажном надом и... иза, у потпуном одсуству себе, избрисао бих се. Не могу и не желим.

Постоји тренутак, убеђујем себе, постоји. Када подигнеш руке, предаш се, повучеш, избришеш себе. Постоје облици пораза који су привид, јер ниси поражен. Време, ја, и... Ништа. Иза или испред, зависи од погледа... Постоји непостојање, постоји обликована илузија, и изнова све... Постоје две илузије. Постоје њих две...

Морам признати, са дозом, не бих то назвао страха, пре бих рекао несигурности, закорачио сам преко границе. Не на истом месту, довољно далеко, а довољно близу, прекорачио сам границу „повратка". Нисам још увек спреман да из погледа левим оком закорачим у даљине. Још увек осећам гнев и горчину и немоћ коју сам понео оловним корацима. Можда се то никада и не догоди, или ће се догодити када будем осетио да је крај тако близу и да ми неће пружити последњу прилику да одшетам своје последње шетње по рушевинама сећања, да ходам несигурно и споро између непознатих и далеких људи. Можда ћу, ако се догоди, сакрити немоћну старачку сузу. Ретки који ме угледају можда ће помислити: сенилни старац који хода у сусрет смрти, плаче, а не зна зашто.

Већ је заборављен тај судбоносни корак, та горка и тешка одлука. Избрисао сам сасвим довољно сећања, да ме не прогоне. Избрисали су га време, непознати људи, далеки градови. Неко је прогутао моју тугу и јед. Корак се морао догодити! У мислима којих се сећам, говорио сам: крај или заокрет. Најзад, срећа се осмехнула бегунцу. Срећа човеку који није имао себе.

Нелагода је брзо нестала јер сам заборавио на њу. Уживао сам у данима одмора, чинио све што сам желео. Најзад, осећао сам се као миран и испуњен човек.

Јутро и испијам кафу, све је уобичајено, али моје немирне мисли лутају, траже... Недалеко од мене, седела је жена шеширом скривеног лица. Није била посебна, може се рећи уобичајена, али њен мирис се ширио целом улицом. Мирис нелагоде!

И следеће јутро сам је приметио. Напросто, немогуће је не видети је, као да, можда са неком намером, ненаметљиво жели да буде примећена. И шешир и скривеност леве стране лица, и њена одсутност коју осећам док посматрам како подиже шољицу кафе; осећај ми је говорио да случајност не постоји. У тренутку сам желео прошетати, стати пред њу и...

Треће јутро и изнова све скоро исто. Нешто кува у мени! У том стању, у премишљању да ли да јој приђем, угледао сам штап који је вирио са њене десне стране. Нови детаљ за портрет даме са шеширом, а она ми се све више и више чинила загонетном. Мистерија коју морам... спречио сам себе да изгледам сумануто и одустао.

Четврто јутро. Нема је, не седи за својим столом. Прва помисао била ми је да је видела како је упорно гледам и једноставно није дошла, није желела излагати себе непријатном истраживању суманутог госта. Био сам бесан на себе што претходне прилике нисам искористио и што нисам допустио мислима да ме доведу пред сам крај. Ништа ми се није могло догодити, осим можда њеног погледа пуног презира, подсмеха, каква блага увреда, ништа више од тога. Прекоревао сам себе што сам се понео кукавички и нисам послушао животињски инстинкт који ме никада није преварио. Увек сам се осећао изигран кад га не бих послушао. Једино што ми је преостало је да дан скратим шетњом, да гоним себе до границе умора када ћу заспати у ходу.

Чаша или две вина, лек је за крај дана. Та мисао ми је је била једина у пријатној вечери.

„Добро вече”, пријатно лице младе конобарице, која увек веселог израза лица услужује госте, прекинуло је моје лутање.

„Чашу вина, црног.”

„Није моје да коментаришем... чини се да сте нерасположени. Да ли сте можда имали непријатности са неким од особља?”

„Не , никако, сви су тако љубазни... Нешто друго је у питању.”

„Да ли могу помоћи?”

„Млада дамо... Не бих желео да Вам делујем параноичан, чудан или да се насмејете овоме што ћу рећи. Ваше питање дошло је као олакшање. Знате...”, застао сам смишљајући како ћу започети ову чудну, опсесивну причу. Смишљао сам јасно питање на које могу добити одговор, а да не изазовем сулуду збуњеност.

„Три јутра, пре овог данашњег, тамо у углу седела је једна жена. Инстинктом, осетио сам да она није... да ништа што се тиче ње није уобичајено. Нешто снажно ми говори да она и њен живот...”

„Учитељица, мислите на жену са шеширом?”

„Да, она. Молим Вас, ако имате времена да седнете. Само желим да чујем...”

Млада дама је села наспрам мене и ћутали смо неколико тренутака.

„Да, чудна прича. Она је скоро слепа, носи шешир да јој се не види лева страна лица. Можда сте приметили и штап. Храмље, десна нога је скоро... Тешка прича.”

„У ком смислу тешка и чудна?”

„Данас није била на доручку, синови су јој били у посети. Да, чудна, објаснићу колико умем. Она тешко говори, морате уложити напор да бисте разумели њене испрекидане речи.

Иначе, јако је драга особа, мирна и фина гошћа, са њом никада нисмо имали ниједан проблем. Сирота жена.”

На тренутак, прекинули смо разговор, обоје ишчекујући да се прича настави. Био сам нестрпљив, али нисам инсистирао да моја саговорница у даху све исприча.

„Рекли сте да је сирота. Нешто трагично јој се догодило?”

„Пре неколико година, имала је тежак саобраћајни удес. Последице су те које сам Вам навела. После свега, овакав живот који има је дар.”

„Хвала Вам. Све ово ће остати међу нама. Сада ми је све јасно. Да, тужно, тешка прича”, захваљивао сам својој саговорници умирујући знатижељу која ме је неколико дана прогонила.

„Господине.”

„Реците.”

„Све ово што сам испричала, то је званична прича.”

„То значи...”

„То значи да верујем Вашем лицу, делујете као неко фин, културан и да Вам могу рећи...”

„Мислите, ова прича има наставак?”

„Радим посао који радим. Често, сведок сам прича које се урежу у памћење. Неми сам сведок исповести многих људи. Желим да ово што ћу испричати остане међу нама.”

„Наравно, не сумњајте.”

„Пре неколико година, мислим да је три године прошло од тада, овде је неколико дана био један гост, прилично имућан, галантан, али од оних људи који нису сирови, наметљиви. Једне вечери, попио је много и његово стање се мењало од горчине до плача. Није се мени обраћао, али прича је мени била упућена са намером да остане запамћена.”

„Тај гост је причао и о...”

„Да, она је била тема. Данима је ћутао, сусретао је у пролазу и ништа није наговештавало да... Те вечери, започео је исповест о жени коју је страсно волео, описивао је ту жену, а мени је било јасно да слика у ваздуху представља њен лик, карактер, али није то могао са сигурношћу потврдити. Један детаљ, тај детаљ је недостајао да би прича била заокружена. У једном тренутку, гласније, као да је желео да и ноћ чује, а не само ја, описивао је ту жену као разуздану, немирну, склону флертовима, играма, изазовима. Иза тога ништа, све се завршавало, према његовој причи, на играма које су биле до усијања и... крај.

„Како то бива у животу, њој се догодио неко. Сенка у мраку, невидљиво искушење. И са њим је играла плес радости и бола, плес ватре и леда. Трајало је, да би наједном, све избледело. Сенка је нестала. Она је прва повукла ногу уназад, сенка је тихо одговорила нестајањем и ћутањем. Пролазило је време, њен заборав је све прекрио. Никада и ништа није се догодило, тако је живела... Настао је мир и привид, склад илузије. Али зло вреба, чека заборав, па се тихо појави. Једног дана, њен муж добио је велики коверат. Нико никада није сазнао шта се у њему налазило. Све може бити само нагађање и прича без основа.

„Углавном, бес је исијавао, зидови су сакрили крике... Те вечери, не бирајући... унаказио ју је. Кажу да је била у коми и да су је једва спасили... Језа ме прође кад помислим шта се све догађало. Он, испунио је горки завет себи да неће дозволити њен одлазак, никада, по цену... Осакаћену и унакажену жену нико не жели...”

Мало је рећи да сам био шокиран. Донекле сам наслућивао да иза мириса који се ширио од њеног стола... Мирис суровости.

„То је, драги господине, друга верзија. Ко зна шта је истина. Никада је нећемо сазнати. Он, њен муж, прошао је без казне, све је заташкано, он је вероватно неко много моћан.”

Мраз је био лепљив. Сам призор обале био је мрачан и депресиван. Ни на најудаљенији додир погледа није се назирао покрет, човек, залутала звер, нико. Сам. Потпуно и сасвим сам. Огољено и кристално јасно, сам. Нема граје залуталих, нема привида сличности. Не постоји постојање непостојања.

Који је ово пут? Изнова корачам истом стазом, само призори се смењују. Познајем сваку и најскривенију скривеност. Све носим у сећању, и са повезом на очима могу у искораку да се зауставим, скренем, препознам. Нисам тужан. На све сам навикао... Само, немоћан сам и на граници преласка беса у стање... Тренутак иза понављам, спуштам поглед у смрзнуту реку. Тражим одсјај, одраз, било шта што плеше по леду. Нека ми то, игличасти плес, пробуди сумњу, немир, било шта. Само нека ме разбуди.

Присећам се, покушавам да сетим се који је дан. Све заборављам, или је све само залеђени тренутак који траје. Неприметни тренутак који није прохујао, увукао ме је у замку. Заспао бих на леденој постељи. Заувек. Могу и желим, али мучно ми је, патетично, плесати бљутави плес лишен страсти. Волим стање свезаности, окове ума којима, колико год се опирао, на крају признајем пораз.

Ко сам? Питање развлачим кроз дане. Питам се и сад, на одломљеном комаду обале. Река ћути. Мрак ћути. Постојим, а не желим. Жељни живота и пуни наде падају као покошени, а ја постојим. Провлачим се кроз скривеност. Сваки дан, скоро увек.

Магла је заробила мост. Издишем пару и она је путоказ. Поздрављам оно скривено што остаје. Обећање одћутим. Сутра. У исто време или...

Глава, боли, пуца од бола и... ретких тренутака се сећам у траговима. Претходне ноћи, сенки и облика који круже у паганском плесу. Дан? Који је? Ни под претњом смрти, не могу се сетити. Јадно и беспомоћно стање продуженог мамурлука и уживам у њему? Трепери испод погледа, они навиру, зашто су овде? Ко су они? Сва та искривљеност, наказност, која плеше. Бол ме буди, распада ми се и оно мало мисли, све је као у адском котлу.

Желео сам да учиним нешто неуобичајено, шокантно, и да разбудим скривено, прећутано, варљиво. Веровао сам да постоји нешто у том чудном... Такав вулкан може бити све. Уобичајено, не сигурно. Њена дивља страст и жеља увек горе. Некада невидљиво, али никада се не гасе.

Не постоји само један дан који све може угасити. Њене зелене очи играју, покупиле би све у поглед и задржале заувек. Све би она љубоморно чувала, одредила облик, меру, однос. Све би поседовала, али ничија не би била. Можда свачија?

„Измамио си сузе, плачем. Речи, исписане душом, све си рекао... Плачем и умирем", зелене очи, постајале су модре и тамне.

„Само сам то осећао и..."

„Хвала љубави!", одјекивало је простором. Веровао сам њеним речима. Некада би све то олако изговорила, али тада сам јој веровао.

Ћутали смо. На граници плача, немоћи, хистерије. Скривала је поглед, ја сам осећао и правио се невешт, наслућивао сам... Слутио сам да следе дуго припремане „истине" које ће ми изненада сручити у лице.

Гомила збрканих бележака, дуго скупљане дивље жеље, неконтролисане емоције у које бих могао склизнути. Све је нарасло, прешло границе, и немогуће је постало стварност. Сва лутања погледом, мислима, сви призори... Све је ту и није крај.

„Бог спаја", пробудио ме је њен глас из сна. Зелене очи исијавале су. Настављала је мисли, а ја не волим често и олако, неумесно постављање Бога у прљаве људске односе. Смета ми када се вечно меша са нечим што избледи пре буђења јутра.

Њене замке и вапаји, страсти. Жеља да их се заувек ослободи. Све звучи парадоксално и личи на прљаву узалудност. Наш однос је страст, прљав је и никакав план неба не постоји. Све је само сусрет похоте случајних пролазника који препознају слабости и жеље оног другог. Није било храбрости у нама да поделимо илузије, да признамо тешку и немогућу стварност. Жеља, она је била бледа водиља и ништа више.

„Знам да...", започињао сам с муком.

„Знам да нисам најбољи. У мени не постоји ништа вредно осим искривљених емоција. Све у мени, рођено је у лудилу, страсти, страховима, скривености. Али, овакву емоцију можда никада ниси сусрела и можда нећеш...", заћутао сам, оставио празно време. Учинио сам празнину баналном, уобичајеном.

„Волиш ли ме?”, празно и тужно сам је упитао, посматрајући очи.

„Волим!”, као из топа, са неким посебним жаром, изговорила је, као да скроз верује у те речи.

„Љубав си моја... али разочараћу те. Ничија сам, свачија сам...”, са истом, полуделом искреношћу изговорила је и супротност. За њу, ништа чудно, то је она.

„Знам”, потпуно мирно сам одговорио. Чак нисам осећао повређеност, нисам био разочаран. Потребан ми је био овај парадоксални тренутак, све је огољено.

„Који део себе си мени наменила? Празни део себе, неки скривени кутак?”

„Не умем да припадам. Некоме, било коме, не могу до краја припадати. Постоје тренуци, искрени, сјајни... али све и заувек, не могу...”

Прекрио сам тамом плес зелених очију. Превукао сам завесу. Било је довољно, за тај тренутак.

Незавршен, прекинут разговор, остављен је за неки други тренутак, или можда никада неће бити завршен. Избегавали смо једно друго, били смо свесни да је превише.

„Остала сам ти дужна одговоре. Молим те, слушај ме, ово је једино скривено од тебе. Молим те", ћутање, болно и мучно ћутање.

„Ти си неко ко заслужује сву моју љубав. Увек ми понављај да си био ту када сам била под земљом. Згажена, напуштена. Плачем, стид ме је, не смем да гледам у твоје очи. Све ово ме боли, боли ме и начин на који се према теби понашам. Знаш...", наставила је иза дубоког уздаха, „постоји неко. Сенка прошлости, неко... Некада је било лако, био је далеко, није био у погледу, у сусретању. Вратио се, изненада."

„Не занима ме", прекинуо сам њен монолог, патетичну и бљутаву причу. Личила је на обичну јефтину дрољу, према којој је расло моје гађење. Лажна светица која није и никада неће бити оно што сања.

„Молим те! Најискреније те молим, то је најбоље, да избришемо једно друго. Сада заувек. За тебе, за мене, најбоље је да избришем себе и нестанем."

„Не, молим те! Не желим да нестанеш. Молим те, кајем се за све речи. Кајем се за олако изговорена обећања. Никада више ова погана уста неће изговорити болна и лажна обећања. Само немој нестати.”

„Мислим да је то најбоље”, сувим гласом сам одговорио и тако тражио да се игра прекине.

„Молим те, разуми ме, саслушај ме. Желим те, све са тобом желим. Али он, када га сусретнем, ништа на овом свету не постоји. Не могу да се контролишем, нисмо се ослободили једно другог. Моја жеља за тобом је као вулкан, али он све може срушити, па и мене.”

„Жеље? Какве жеље, о чему говориш?”

„Емоције према теби.”

„Емоције и жеље, то није исто, разликује се”, намерно сам отежавао даљи разговор.

„Запамти, између нас постоји страст, посебна, страст једног облика и ништа више. Нема расплињавања, не уопштавај.”

„Према теби осећам љубав, поштовање, разумевање, и страст. Нашу страст. Али, ја сам луда, луда...”, почињао је плач, и лажљив и искрен.

„Рећи ћеш да нисам нормална, али за све има места, за њега, њега, тебе, мене...”

„Ја разумем твоју сулуду причу, да не употребим тежу реч. И ево, миран сам, кажем последњи пут, најбоље је...”

„Не желим да одеш!”

„Сасвим је довољан троугао, и ви ћете бити срећни. Правићете се да не видите све што се догађа. Илузије су лепе, лакше се са њима живи. Али, постану стварност.”

„Не желим да одеш!”, скоро хистерично је говорила, као да сам њено власништво, а не неко...

„Вас троје постојите. То је довољно за лаж, илузију, чак и збрку. Ја сам сувишан.”

„Сви постојимо. Ти постојиш више од било кога. Не иди, ти си део приче.”

„Какве приче? Ти си будала...”, насмејао сам се са гађењем.

„Не очекуј ништа...”, понављала је, баш као да је заборавила, као да се не може сетити да је све то изговорила више пута.

„Не очекујем”, сасвим смирено сам одговорио посматрајући њено лице.

„Али, у мени су емоције према теби.”

Зауставио сам своју реч, зауставио сам бујицу увреда које би склизнуле са усана. Зауставио сам јер је испред мене била жена болеснија него ја, расцепљена, жена која је изговарала парадоксалне реченице, уврнуте, без смисла. Жалосно, веровала је у њих. Збиља, веровала је најискреније у сваку своју изговорену реч. А ја, био сам препун гађења, раздражљив. Чудио сам се како све могу слушати.

„Ништа ја... слаба не могу решити, ништа. Ти ми помажеш, много. Да није тебе... Ниси избрисан, постојиш у било ком облику нашег односа...”, израз лица јој је био чудан. Не постоји реч којом бих могао осликати тај залеђен, непомичан израз. У њему се налазило све.

„Који облик? 'Пријатељ', 'љубавница', партнерка у лудилу страсти, половина разузданог, дивљег пара, или нешто друго?”

„Све од наведеног може бити, а не мора. Изабери”, скоро сасвим празно, тупо и неконтролисано је изговарала још једну бесмислицу.

„Правиш се луда или наивна, вешто све изврћеш, заобилазиш. Наш однос не постоји. Постоји у фикцији, има један једини облик, посебан. Страст. То знаш и пристала си на то и...”, било ми је напорно по ко зна који пут понављати, враћати је на почетак. Не дозволити да нешто буде празно ништа.

„Не могу бити само твоја”, као покварена грамофонска плоча, понављала је речи, настављала разговор у празнини беса, смејурије, глупости.

„Желим све о чему смо маштали, али... луда сам, распадам се.”

„Који је твој предлог?”

„Не постоји”, сасвим искрено је изговорила гледајући кроз мене.

„Нећу мудровати, нећу ни ружним речима отежавати овај мучан и тежак разговор. Не желим распаљивати ватру, свађу. Неко сам, не посебан, специфичан сам, другачији и поседујем привлачност за ретке. Мој ум, можда га већина сматра искривљеним, можда све то што осећам, говорим одудара, не припада свету уопштености.”

„Сагласна сам са изреченим. Превише си скроман, а посебан си и то ме магично привлачи. Дала бих ти све када бих знала како. Нико као ти није заслужио моју највећу љубав. Нико.”

„Никуда не идем, други беже од мене. Невидљив сам, сенка која је само мирисом присутна. Ниједним поступком не бих дозволио да склизнеш у... Једноставно изабери.”

„Желим све са тобом. Дивље, разуздано, са препуно страсти. Ти си први и једини препознао... Али, када стигнемо до циља, куда даље?”

Мучном разговору био је крај. Прећутно, удаљили смо се на неко време. Оставили смо да све изречено буде последња мисао. Отишли смо ишчекујући наредни тренутак.

Спремао сам се да побегнем. Брзо, најбрже. Сигуран сам у несигурно донету одлуку. Она је једино исправна. Прекрио сам прозоре, згуснуту пару правилно развукао дуж целе прозирности и видљивости. Закључао сам светлост изнад крова и кључ сам чврсто држао у десној шаци, не сасвим стегнут. Продужио сам тренутак, неколико њих је протекло. Чекао сам да рука упути последњу заповест уму, или обрнуто. Зауставио сам себе, време, све што је могуће зауставити. Подигао сам руку у буђењу, нисам замахнуо, само прекрио сенку. Руку сам провукао кроз маглу и... кроз неколико тренутака, вратио сам је у скривеност. Шака је била празна, гола.

Бегунац-ја, снажним погледом, незатворених очију, претрчао сам све наталожено по зидовима. Поглед је откотрљао мисао уму. Био сам корак ближе бекству, иза невидљивости, иза познатог. Спреман сам да закорачим у непознато. А порука? Макар и празна, неисписана, да је разлијем по зидовима. Графит одлазећег.

Сасвим много изгубљеног времена и празних сећања је у мени. Бар једну пакост да учиним, да је оставим као сувенир. Бегунац-ја, стављао сам кључ у браву. То сам ја. Бићу неко други када закључам последњу препреку, тврда и тешка врата. Кључ је клизио низ сливник. Бујица прљаве воде, доћи ће и однети све. Бегунац-сенка, изненада је нестао иза огромне бетонске сенке...

Жеља. Снажна реч, снажна мисао. Жеља, грудва која може постати лавина. Жеља је звер када је неостварена. Вреба без мира, ишчекује. Она је и страст и освета.

Дан се гасио. Река се није видела, самоћа и туга су биле магла над њом. У грудима је камен. Читам поруку, исписана је страст у мраку, мени је дарована. Сваки нови ред који убрзо нестаје, призива мене.

Говорим тихо, када са усана не могу избрисати скривеност. Просута месечина седефом је окупана и... прашина звезде, милује драго лице. Скривена жеља је изронила из позне јесени. Не чујем питање. Не чујем. Да ли чујеш? ОНА, моја ОНА, скривена која увек чека ме. Пустињски цвет, мени намењен. Изабрана срцем и тужним погледом.

Она је слетела, право са неба, као гласник. На прашини звезда... Био сам збуњен. Откуда чудо да ме додирује? Откуда живот изненада корача у мојим оковима?

Дани су били дани. Време лети. Ноћу сам се искрадао, ишчекивао је. Жудео сам за гласом који ме буди, видео сам радост на свом лицу у ишчекивању. Увек радосни тренутак, када тачка на небу засија.

Глас савршене блискости, два грубо раздвојена бића. Украдено време до следећег тренутка. Недостајала је, тада бих исписивао поруке на промрзлој месечини. Туга би ми се искрала, додиривао сам жалосни израз лица. У невидљивости, отргнути су дани, забрањени дани. Дани када ми је забрањено да је се сећам. Дани су били дуги. Време је било непријатељ, а ја немоћан да га избришем. Кроз крошње оголелог дрвећа, тражио сам излаз. Тачку, празну и скривену. Покушавао сам да додирнем лице, узалуд.

Једна безначајна реч и једна неизговорена псовка, све у погрешном тренутку. Препознатљива реченица која изражава жељу за бекством. Изговор избрисан, као да није ни постојао. Данима и ноћима стварана илузија, једна празна реченица и лош покушај оправдања: све може поћи у нежељеном правцу. „Дар” са тамног неба и капи црних облака, све ће се поновити још много пута. Посматрам себе, можда осећам олакшање јер нећу разбити огледало у парампарчад. Убедићу себе да је све исправно. Мирна савест, непроцењив дар у самообмани.

Болног израза лица, вукао сам повређену ногу. Све теже и спорије ходао сам у нестајању дана. Десном руком, притискао сам бол у грудима. Мислима сам покретао оловне кораке, терао себе на још један, следећи. Мисли су биле натопљене хладним знојем и лепиле су се једна за другу. С времена на време, брисао сам врело, ужарено лице и бесомучно настављао низове празних, поновљених мисли. Горчина је укус дана у гашењу.

Са пристојне удаљености, са игличастог неба, „добродошлицу” су ми упућивале птице у ниском лету. Звук који препознајем, разумем. Ту, испод њихових трагова је тачка смисленог бесмисла. Даље не постоји, ту се раздваја и нестаје све скривено, наслућујуће.

Све теже подносим бол. Тражим невидљиво, а оно је предалеко и нећу стићи на време. Левим оком, ослобођени поглед лута, неправилног облика и насумице тражим разбацане предмете. Коначиште, ледено, скривено скровиште од стварности.

Назирем га, можда и видим сасвим јасно. Подиже се из буђења, из заборављене непрепознатљивости. Скоро да сам радостан, усхићен. Скоро да би ми се могао отети крик задовољства јер сам се ослободио терета.

Сећам се и памтим ову тачку. Паралелно путовање наспрам света уснулих.

Поглед.

Он-ја.

Он-ја у свему. Све у...

Изненада, без најаве би долазила. Као скривени крадљивац који отима снове у сну спавача. Било када, у зору, у поноћ, по врелини дана. Увек изненадно, изигравала би бегунца који покушава да вешто сакрије трагове. Са собом је носила отров, испуњавала моје превише замућене мисли и покрете. Хранила ме горчином и гневом, заосталим из сећања. Често сурово, кривицу је исцртавала по урезаним линијама лица. Све то, да би изгледало суморније, суровије, јадније — желела је да све личи на безизлаз. Одлазила би, брзо, изненада. Често бих заборавио да постоји. Убедио бих себе да је то само још једна од утвара које језде и играју се са мном.

Са осмехом, као да ништа није било, чинила је да се осећам узвишено. Описи моје посебности су ме заваравали. Губио бих себе, поверовао бих слатком отрову. Из отворених нагона, бујали би страст, задовољство, опсена, варка, истина! Глас, водио би ме у шетњу по облацима. Дарови су били на празном столу, извукао сам их из скривености. Са узвишеном љубомором, скривао сам их од погледа радозналих. Нисам дозвољавао да се наруши чаролија. Дар, издвојен из мноштва ме посматра, посматрам и ја њега.

Дани су празни и не постоји ишчекивање. Не постоји ни трзај успаваног тела. Не постоји ни најмања могућност за немогуће. Доказ постоји... Мирис даљине не нестаје, не бледи, живи са мном, у мени, поред мене. Мисао и жеља су ми једина нада. Мирис даљине је са мном и биће ту када посустанем, када почнем да се гасим. Кад откуца мој последњи час, биће прекривен земљом.

„Не дам те!”, одјекује празнином и полумраком.

Мој „нестанак” био је збуњујући, али никако пресудан. Само је створио погрешну слику — „нестанак” протумачен као дрско бекство.

Дешава се да и ћутљив човек избрише себе. Само остави неми израз у чуђењу да сведочи његовом постојању. Напросто, одиграју се догађаји у којима нема речи и не пружи се прилика. Догоде се они, направе збрку. Иза њих остаје време које може избледети или пробудити новорођену страст. Знао сам да никада неће бити исто, изабрао сам остатке себе. Мање болно и мање кобно.

У погледу, све је привидно, велико, жељено... Или је само тако требало да буде. Жеља, горућа, не сме бити невидљива граница која се прелази. Учинио сам следећи корак, по цену очајања, туге. Учинио сам пресудни корак. Слабошћу сам доказао постојање, ма како чудно звучало. Искушења нису заостајала, пратила су ме у стопу. Живела су у мени, подсећала ме. Вребала су искривљену мисао.

Самоћа или усамљеност? Није исто. Нико не зна речима да повуче границу између њих. До последњег живог човека, никада неће бити разјашњена ова блискост или расцеп између два појма.

Мрак ме чини невидљивим, скривен сам у скривености. Мрак је избрисао постојање непостојећег. Мој привид је испарио. Сви страхови од случајних сусрета, нежељених судара су нестали. Коначно, не плашим се мрака, река га је прогутала.

Сањам. Будан сам, али сањам. И сан је најлепши, не желим да га време прегази, избрише. Не дам га времену надолазеће будућности, не желим дотрајалост која ће избрисати магичност. Не желим ни да ум гори док одбројава време. Хоћу да прескочим наметнуту границу, само једном, ако је потребно. Узалуд. На корак од сна, журим, убрзавам кораке и не осећам радост.

Тишина, најсјајнији сан. Најјаснији поглед који продире кроз густу шуму. Планине су препрека, али топе се у сјају тишине, нестају. Видим шта желим, не желим оно што видим, и оно што јесте, није. Залутала птица, кроз мрак у одсјају водене тишине, буди ме. Крадем покрет, одлажем и успоравам. Желим реч. Желим... Себи говорим да је довољно. Сутра је нова нада, траг је остављен. Сутра, корак сам ближе.

Видим непостојеће. Не желим, али видим и узалуд је. Стежем поглед, не треба ми мирис натопљен рутином. Сутра у приближно исто време. Самоћа или усамљеност? Питање на које не постоји одговор, а ја га упорно тражим.

Никада, али никада неће дозволити да одем. Глас струји, познат ми је, иако измењен. Та реченица је скоро као слика, увек се понавља у неком тренутку. Та чудна, уобичајена реченица као да живи паралелно са мном. То је прва, десета, последња мисао свакога дана који би се гасио. Из дана у дан, њено постојање се обнављало, постајала је део мене, свих мојих мисли, покрета, поступака, сваке моје одсутности.

„Да ли можеш да чекаш нешто што можда никада нећеш дочекати?”, тужно и болно је питала. Некада у једном сасвим обичном разговору, али све одзвања у слици која се гаси, у плесу сунчаног дана, у ходу између споменика.

У малим и болним људским истинама, у невидљивим искушењима, одиграва се космички бол. После тешких одлука, постоје непрегледна поља искушења. Гробља сенки и булевари сумњи. Ништа није наивно и безазлено. Плодови су неукусни и горки. Некада се одбаце, а некада постану навика. Ветар је откључан и неће се зауставити док не похара суву земљу.

Ја, немам одговоре. Сви моји одговори су ћутања. Све је мање болно од излива неконтролисаности, беса или... ћутања. Заустављене речи су најтеже, никада ниси сигуран у шта могу да се претворе. Све је успавано, остављено. Једном започета, изазвана игра није безазлени израз детињарија, у игри не постоји видљива страна огледала. Не постоји само једна страна.

Иза постоји...

Презир је изгубио мирис, постао је неукусна храна. Бес је испарио и ветар разнео све отрове. Ход није био тежак, ослонци бекства нису сасвим утонули у живо блато. Неочекивани тренутак вечности је постојао. Порази и победе не постоје, никада их није ни било. Земља је била гладна и показивала своје разјапљене чељусти. Мртви су били живи. Жеље су плесале и живи су сахрањивани у украшене пролазности.

Ноћ је била крај, заувек био је дан. Само сам желео да спавам, уморан сам од тежине ноћних облака. Сан ме није сустизао.

„Будан си?“, у несну сам чуо шапутање и као да ме пита неки пријатан, непознат глас. Све то, клизило је кроз мисли.

„Уморан си, знам... али нешто ти желим рећи... Желим да те учиним срећним. Нас. Овај тренутак изабрао је себе, сам. Не знам зашто сада, после дугог путовања тишине.“

Не, није био привид. Била је она. Глас који дуго нисам чуо као успаванку.

„Стид ме, али...“

„Од мене?“

„Опрости, уходила сам те вечерас. Често те уходим и никада ти то нисам рекла, ево сада ти кажем. Био си тужан и усамљен. Желела сам да те зауставим, да ти кажем, али уплашила сам се.“

„Плашиш се мене?“

„Желим да сам гола и да лежим крај тебе. Желим да ме чврсто загрлиш, да ме не даш, да ми кажеш да ме волиш. Будало, толико те желим, а ти...”

„Збуњен сам. Ја, ја сам...”

„Тебе желим, будало. Тебе тајно волим годинама. Волела сам те и када ниси знао да постојим. Волим ту збуњену, конфузну будалу која ништа не види. Не мудруј, ништа не говори, само ћути и воли ме.”

Пустињски цвет, она, увек спремна да ме воли, чува...

Вештачка светлост, коју сам носио у оку, сударала се са капима сунца и облака док сам бежао од поспаности. Заслепела ме, ход ми је био несигуран и стезао сам лепљиви ваздух који је клизио крај мене. Назад се не могу вратити, побегао сам. Кораци напред, несигурни су и као да нису моји. Гмижем, не ходам, терет ће ме згњечити.

Вијугам између. Некако успевам да избегнем сваки могући додир. Бол ми је у очима, а није бол. Искривљена су лица која видим, преламају се. Не знам шта је истина, али верујем. Људи не ходају, они скакућу, понекад замахну крилима у жељи да се одвоје од ужареног тла. Знам, то не може бити истина, али верујем. Верујем и непостојећем себи.

Не чујем буку која непријатно шкрипи и одзвања. Ни сирене ужареног лима ме не узнемиравају. Ни мириси испаравања не нарушавају моје постојање. Ходам вијугаво и гоним себе даље. Хладно ми је, ледени укус и смрзнути поглед су по мени. Кружим концентричним круговима, одмеравам раздаљине мислима, желим да све ово није то што јесте. Скраћујем време погледима на сат, пожурујем га. Храбрим себе изнуђеним осмехом, надом. Из ширег, бежим у сужени круг и скачем кроз ледену ватру.

Најближи облак прстима, светли. Време је, пружам руку да додирнем брод који ће ме однети. Успео сам, нисам га дотакао.

Без речи, изразима лица, као на филмској траци, успоравам и задржавам време које је остављено да клизи.

Шапућем тихо. Време је да... Сетан сам, али нисам напуштен. Велики облак скрива бледу светлост, плови, додирује ме, гони ме да изрекнем мисао коју желим, а не смем. Хоћу, али се плашим. Мисли су ми збркане, а лажи дубоког пада остављају трагове. Слаби човек, крадљивац себе, враћа се и ја га одбацујем. Ваљда је осетио моју несигурност па ме и даље гони и тера да бежим колико ме ноге носе.

Врелина је пржила. Мисли су биле натопљене бујицом која је кључала из котла. Празно и уморно време „поклањао” сам себи. Дошао сам на ред и ја, да поређам одлутале мисли, да се присете творца.

Врели дани су се низали. Ниједна порука, реч, није стизала назад. Испраћао сам истрошене седмице, журно сам протрчавао кроз време и тако је мој живот текао. Стварни живот и нестварне жеље. Све у помирљивости са стањем у коме сам, и свестан пролазности. Повремено, сетио бих се сличних дана. Исти не могу бити, само слични. Сетио бих се исцурелог времена које је раздвајало сличне тренутке духа и тела. Понекад, дани су били неподношљиви. Ужареност је све раздирала: немир и нестрпљење, без бекства у невидљивост. Тада бих, дивље и неконтролисано, постојао.

Дани су предуги. Дани су кратки. Јутра која буде су бременита. Тескобе које сам покушавао да бацим у наредне дане биле су неподношљив терет. Изнуђеним, искривљеним осмехом, сукобљавао сам се са празнином и нисам успевао много да одмакнем. Између дана у промицању, раздвојених дана, постојао сам. Лажем себе да, када бих вратио време, све би било другачије. Бежао сам од оловних помисли, презирао сам стање сећања. Нисам успевао. Живим сећања и када нестане дан, рађа се следећи, исти, сличан.

Лоше се осећам. Одвратно се осећам. Гора реч од ових ми треба да опишем стање. Ништа ми не полази за руком, ништа не може да умири моје мисли. Бол се слива у три тачке, тело је у нестајању. Узалуд објашњавам. Проћи ће, то је баналност, то је пролазно. Бројаћу до непостојећег броја. Иза затворених очију, сликаћу бесмислене слике. Иза је у дубоком невидљивом погледу, тамо га и тражим.

Она? Желим је насмејану, њене бистрине у погледу не могу да заборавим. Она ћути, не говори. Не појављује се и љута је. Лице је сакрила под велом. Иза брзоплетих речи, родила се туга...

Сан, мучан и тежак, плови, враћа се по ко зна који пут. Подсећа да постојим. Сан се одиграо, и део сам њега. Како? Моје сећање је непостојеће или је изгорело. Зашто? Не знам или не желим да признам?

Изнова избледели ликови, далеки и страни. Будим се и непријатно се осећам, али нисам уплашен. Овај сан је пресликан, подсећа на заборав, избрисаност.

Започињу слике и...

Уплашена девојчица седи, скрива се испод порушеног зида и шапуће. Можда је молитва, или само тихо јеца. Под ледом зимске ноћи, скоро празан аутобус стоји заглављен на путу. Нека сенка нервозно шета између две тачке. Покушава да измени стање немоћи. Она чује гласове, али то нису гласови. То из мрака допиру крици, урлици, ужасни и нескладни. Уливају страх и језу. Испод тела је смрзнута земља, склупчано тело спава и сном призива ново јутро. Бори се да не утоне у последњи сан. Под маглом јутра, сенка се моли: само да није прекасно.

„*Ти можеш све. Одувек си то могао. Само, немој ме уплашити силином страсти или одломљеном сузом. Може се све срушити. Кажем, можеш све, заувек, до краја звезда и назад.*"

Густи снег, рани, залутали мрак и свесност бесмисла. Наталожене слике и тело у скривености. Још један умирући дан кроз који се треба провући и зграбити уморни сан.

Ја и непостојеће постојање. Ја и празнина испуњености. Ја и немогућност нестајања. Ја, проклето ја и непостојећи циљ. Празно и превртљиво постојање, мисли у распаду и пуцању. Мора која гони и, на срећу, не успева да ме сустигне. Испред је степеник пада, успореног и стрмоглавог. Плес моћи у којој је поражени обележен.

„*Пробуди се. Немој умрети у бегу. Молим те, немој умрети.*"

Глас је утихнуо, удаљио се, побегао. Невидљив и нечујан. Ни мисао није започео. Успавану, тешку мисао.

...

„*Дуго сам путовала.*"

Уморан, ћутао сам, посматрао једва видљиву рупицу у зиду, као да ишчекујем да изрони поглед, лице... Потпуно сам разбуђен. То је један, тај дан, проструја и пресече мисао моју сумњу. Премишљам да ли да наставим ћутање или...

„*Ти си?*"

„Нисам могла стићи раније. Зид је био превисок. Желела сам, али пребрзе жеље брзо се угасе. Истрајне мисли живе и трају, памћења, погледи, ритам срца. Стрпљиви дуго путују.”

„Ништа ми није јасно. Мора да сам сишао с ума и ова збрка је плод...”

Тихо, без галаме и беса, одшетао сам, далеко, бар по мерилима сопствене удаљености. До огољене крајње тачке, иза празног простора и сваког, макар и случајног, сусрета. Избегао сам и најмању могућност да неко може уочити моју силуету, да јој се приближи. Најдаље сам, тамо где ме ни најтиши звук не може узнемирити, поколебати.

Ничега није било осим смрзнутог тла, непрегледне празнине и моје сенке. Желео сам да на тренутак све зауставим, највише себе. И време постоји за смишљену и изнуђену мисао, за чин и последицу. Смишљао сам, трајало је дуго и било исцрпљујуће. Знао сам да ће се догодити. Само, заборавио сам да је време учинило своје, да сам успаван и да, из дана у дан, све мање памтим и мање се сећам. У једном продуженом тренутку све заборавим. У данима који се нижу, врела страст бивала је све слабија. Све је стигло изненада, ненајављено, ловећи ме у поспаности. Кратко, јасно, грубо или сасвим уобичајено, а мени збуњујуће.

„То је то", хладно сам потврдио и изгорео околину која се ширила у мом бесном погледу. Наставио сам даље.

„То је то, и сада следи урезана тачка као шило. Сада ћу прокопати тунел..."

Облак који нисам уочио се померио. Можда се смањио или је у густини изгубио крајеве. Смрзнуто тло угрејао је терет силуете. Остатак је био празан и хладан. Стајао сам, чврст у одлуци да сада започнем замишљено. Страшило у њиви није плашило ноћне птице које су весело скакутале. Тло је било топлије и трава се будила. Призори су се стидљиво бојили.

Ја сам...

Лето је вукло за собом несрећу. Можда најаву несреће, али сигурно ништа добро. Било је разнолико, али највише празно. Празнина умртви, успава, на крају свега почиње да дави, да убија. У кишним данима, као и по врелини, вукао сам терет који бих заборављао да оставим на некој успутној станици. Заборавио бих на жељу да га се ослободим. Нисам препознавао знакове, време, нисам уочавао очигледно, што исијава испред мене.

Можда је то био слом, потпуни пад. Један, други, можда више њих. Све сам прећутао, сакрио од других. Било ми је мучно да сусрећем лажне, сажаљиве погледе ликовања. У себи сам носио пад, ломљиви ход био је пад, био сам у себи, изван себе. Окружен мноштвом, а потпуно сам. И све је било уобичајено, нормално. Ретка радост постојања била је ту само неколико несигурних корака, поглед на кров и ништа више. Једно јутро промени све, у погледу нестане све што је одржавало постојање, илузију, било шта. У погледу је остала огромна рупа, а кров је нестао.

Тражио сам, нико није чуо глас. У гласу су препознавали смех, а био је плач. Тражио сам... Иза завесе која је заустављала врелину, у замраченом уточишту, живели су ћутање и мириси. Речи су ништа пред ћутањем! Ћутање одјекује и живи. Непознати, случајни пролазници са собом донесу радост, избришу непостојање и скривеност.

Додири меке, влажне нагости и непомичан трон. Осмех у огледалу, израз најузвишенијег задовољства. Тишина испуњена препознавањем. Две залутале сенке које ћутањем говоре, живе, постоје и поклањају живот. Пријатан сан који не мари ни за шта. Укус и мирис постојања уместо пилула илузије.

Не, нисам пао! Тим речима будим себе. Не пузим по ужареној сломљености.

Осећао сам се чудно и нисам могао да објасним то осећање које ме је обузело. Тражим помоћ и савете из књига? Смешно. Тражим решења од оних који решења не виде, само их испишу, можда их само назиру. Решења нема, скоро да сам сигуран или слутим.

Сустигло ме је?! Умом покрећем празне, поновљене мисли. То радим, бежим. Удаљавам се, скривам, изнова се враћам и ништа не чиним. Све је одложено, замагљено, само изазива још више чуђења. Стање у коме сам нема име, ја не знам име. Први сам? Први осећам све то и треба да изговорим име, да проследим следећем збуњеном.

Вода, спасоносна идеја и једино решење. Смењује се млаз, хладна, врела, без мириса, укуса — хладна, топла, али мисли не одлазе. Уместо да сам свежији, осећам се спарушено, изгрижено. Прекривам лице и затварам очи, желим да бар не видим, замишљам да нисам овде и сада. Измишљам најсмелије жеље како би се мисли уплашиле и нестале. Али, мира ниоткуда.

Траје, чудно и необјашњиво стање. Поглед ми растерује облаке кроз зидове, плови и одбија се од прве бетонске затворености. Дар обнажене страсти не испуштам из руке, жеље су нагомилане и све теже издржавам да не јаукнем. Страст, бекство и свесност да је немогуће. И жеља која је име свему? — питам се.

„Најискреније и највише!", одговара празнина. То је глас зелених очију?

Не видим глас, чујем га нејасно. Ово ми се никада није догодило, непоновљиво је, посебно. Ово се догоди једном, или никада, али... све звучи познато, чак отрцано. Све ово чуо сам и знам... али не могу да прихватим. Све је тужни осмех игре, кисели осмех немогућности. Срце скривено бубњи. Мисли лутају, пажљиво, тајно, јер је ловац вешт и скрива се, мирише трагове и вреба.

Ако постоје дани које желим да урежем у срце, да трају, да се никада не заврше, то су ти дани. Тих неколико дана били су најлепше путовање кроз сан. Све бих дао за њих. Нежни и стидљиви погледи, речи које се лепе за срце. Полетео сам, тако високо сам узлетео, пролетео кроз облаке, дотакао... У ушима одзвањају реченице, нежне и пријатне. Исповест без краја, жеља која је порушила све зидове. Мост и она, са осмехом сунца и руке пружене ка небу. Данима сам покушавао да вратим дан. Дан пре праска. Погрешан израз лица, уплашено лице и одсутни поглед... бес и разочарање. Оставила ме... Искрено је волела и воли, можда ме сада презире. Не мрзи ме, не презире ме, презире оно у шта сам се претворио бекствима. Презире оног другог у мени који је надвладао збуњеног дечака. И на љутњу има право, на успореност и неодлучност. Бескрајно сам тужан... Ова туга не може нестати.

Свестан своје немоћи, посматрам травом обраслу клупу крај реке. Тужну, празну клупу која виси над обалом. Ту нико не залута, не седи, не сањари. У мени се буди лепота призора. Осећам посебност скривене реке која клизи, нестаје и враћа се.

Нисам хроми вук из заборављене и изгубљене песме. У рукама ми је гомила несређених папира, необележених страница. Држим чврсто видљиву збрку ума и желим да ми се глас чује кроз облаке.

Војник и пустиња. Мост и из срца расута жеља. Читам тихо и не иде ми. Читам стих по стих, не предајем се, не одустајем. Чујем свој глас како правилно изговара и не греши. Спуштам низ реку стих по стих, нека песме плове. Песма се разлеже по модрој реци коју милује одсјај гашења сунца. Река и ја, сами смо. Никога да наруши тишину. Не желим да читам и поклањам себи речи. Призивам немогуће. Недостаје ми њена глад и туга изговорених речи. И ритам ватре... Нема ње... заувек.

Недостајала ми је. Највише. Никад јој не бих признао. Мада, она то зна. Тај догађај о коме нисам знао, имао је пресудан утицај. Крај је био пре почетка, а почетак је био илузија.

Недостајала ми је као никада. Али, нећу попустити својој слабости. Поражен сам, изгубио сам све, и нека. Само сам желео да њене топле очи, бисерне очи, дарују радост која не постоји. Враћао сам време, сва сећања. Пробудио сам и онај давни зимски дан у сећању. Зимски дан и сунчани осмех. Све је избрисало моју тугу, некада.

Године које су долазиле, биле су мучне и тешке. Низао сам поразе, у тами гушио сопствени јад. Тада, долазила би као Анђео, увек у тренутку пада. Њен глас и додир су заустављали понор. Рушили смо препреке које је страх поставио пред нас.

Желео сам само глас, предуго ме не милује, предуго је одсутан. Рекао бих јој да је волим...

„Да ли си добро?", тишину је нарушио сјај.

„Ја не бацам сакупљано. Никада не избришем и не заборавим..."

Волим те, умирао сам, плашио се, желео сам, али... Све је неважно, све осим тебе. Опрости ми што сам ја... То нисам ја, то је он, знаш ти да ја...

Нестајање, нагли повратак и олуја. Све то и много више, прасак који одјекује. Тело у неприродном стању, разбуктале страсти и ватра и лед. Све сурово угашено: суманута жеља, насилан и празан, разливени очај који се одбија од зида, мрак који је све гушћи и лепи се за ископани поглед, рука подигнута у неприродном положају, замах испуњен гневом и немоћи.

„Један хитац, само један, у тачку. И заувек крај", исписујем слова по нетакнутој белини. Слово по слово, времену дајем последњу прилику, призивам последњи избор. У уху, кроз прасак, одзвањају ми речи, последње, болне, незавршене, насилно изговорене, отргнуте. Избор без избора, избор између лошег и болног. Хитац није напустио цев. Смишљеном мишљу није покренут. Ватра није горела. Буђење из најкраћег сна је било мучно и тешко, али боље је од клизавог плеса. Дан у рађању таме продужује несигурност, а ја, склон сам изненадном. Можда иза прве скривености променим одлуку и изнова започнем. Или...

„Ти знаш. Знаш да..."

„Не знам. Ништа не знам. Не прихватам, не желим... Хитац би све променио."

Глас из таме би још нешто желео да каже, али све је бесмислено у бесмисленој ноћи. И зелене очи нису сјајне. Не радујем им се.

Незавршени пад је могао бити крај. Пад је трајао и у њему сам тражио себе у себи. Покушавао сам да ишетам из јутра које је отварало врата, да пронађем траг и излаз из лавиринта. Унапред, одбијао сам могућност да променим распоред и себе уврстим у непрегледни низ ишчекивања. Мучно је да сваки дан угасим са горким укусом, са изораним погледом и празним немуштим реченицама.

Ослободио сам се лажне помоћи. Давно, дотакао сам празнину пада иза које је следио пад. У неравноправној борби, све сам оставио, толико да знам да ништа не постоји и неће бити. Тешко је живети без илузија. Невидљиве су, али су потреба, у једном тренутку постану и део свега. Оне су штит и изговор и светлост у тами. На крају, горко се насмејеш лицу које тамни у огледалу, лицу на крају путовања и скривања; тешко је то што видиш. У огледалу, са друге стране, живи неко. Ти живиш са његове друге стране. Илузије отварају врата ходника, собе и закорачиш. Сумњаш и страх те је, али чудна жеља те гони да начиниш корак даље, најважнији, пресудан корак. Тада све престаје и све започиње.

Слично је са друге, невидљиве стране; и тамо живи празнина, скривеност, илузија, било шта. Постоји и тамо укус горчине и мирис буђи мисли. Испустиш глас, речи клизе, одбијају се од зидова, одзвањају, враћају ти се као бумеранг. Чујеш себе, то је траг, ниси сам, ти си поред себе. Облик си привида и као такав личиш на облик привида који те узвишено посматра. Ти си потребан да нарушиш тескобу и посејеш немир.

Најзад, чујеш пријатан глас који се слива у мисао. Живиш дане, споро или брзо, али скривено. Играш на све или ништа. Не губиш лако, али исход је ништа. Тихи глас је све гласнији. Буди и себе и тебе у себи. У тами огледала, живот је пробуђен. Ти ниси ти. Све што јесте није. Постоји, али скривено, са страхом.

Пад — у погрешно изабраном тренутку. Страх и сумња те паралишу док илузија, још једна залутала илузија, укршта пут с бекством.

„Гушим се и тешко ми је... Плачем... Остављена сам", одјекивале су као пуцњи празне речи. Зар опет? Изнова морам слушати сулуде реченице.

Као изненадни олујни пљусак, дошле су њене речи. Збуњен и изненађен њеном поруком коју нисам очекивао, неколико пута сам преслушао гласовну поруку и збиља, из те кратке, испрекидане поруке избијао је само очај. Замишљао сам хистерични поглед који ће бризнути у плач, видео сам најдубљи израз немоћи на лицу и расцепљеност тела, ума, душе. Али, моја сумња ме није напуштала, дани који ће уследити показаће да није била случајна.

„Не смем. Бојим се да побегнем и оставим га. Убиће ме, спреман је на то, добро то знам. Никада неће дозволити да одем. Опрости мени лудој, ниси ти дужан да слушаш речи једне... Ти ништа ниси крив. Ја сам крива јер у теби видим све што никада нисам имала, што никада нећу имати. Како је све глупо, крив си што постојиш. Опрости ми што нисам храбра као ти и спремна да платим цену... Ја сам твој непостојећи сан, а ти моја највећа жудња, искушење. Ја сам твоја обмана, варљиви лик..."

Слушао сам и нисам веровао, мада, све сам знао. Још једна порука, сручена искреност, баш као што она то зна. Изненадно. Наговештено. Све прећутано, одложено за тренутак у којем не очекујем, за тренутак поспаности — остављено за изненадни препад. Омамљени сан и осмех који није осмех. Непрепознато! Све је надмено и гордо испод маске узвишене чедности.

Низ калдрму старе улице, клизиле су ситне капи. Претварале су се у барице, а затим постајале баре. Упорно и стрпљиво сам ишчекивао. Можда сам личио на камени стуб и само повремено плитко дисање говорило је да сам жив. И бледи бес који је испаравао из мокре косе. Иза је покривен улаз у зграду, али не желим да се склоним под њега. Тврдоглаво стојим на киши која све јаче пада. Ветар се спушта низ улицу и желим да ми ишиба образе, да ме разбуди или разбесни. Тврдоглаво ишчекујем да киша престане и себи говорим да то мора бити. Све има крај, све. Желим да моја тврдоглавост савлада немоћ. Чекам последњу тачку круга да се затвори.

Време не рачунам и није ме брига који је сат мрака. Јутро, макар и тмурно, растераће мрак. Корак, макар несигуран, којим ћу започети путовање, биће корак. Месец се угасио. Крај је измерене пролазности једне ноћи. Последњи пут, никада више. Мокри кровови су угасили таму најављујући јутро. Иако је тмурно, ипак је нови дан.

Рутина и стварност, до огољености пресликане и нестале кроз време. Угасиле су се, истрошиле. Постојим у бледим сећањима ретких. Време је испарило, исцурело, нестало. Привид је избрисао себе не мењајући се. Ретки, сетиће се са тугом и понављаће изречено, биће збуњени. О томе не знају ништа, не памте, не сећају се, не додирују иза. Време мора бити избрисано, једноставно је тако.

Привид покрета, журба и разузданост. Трка илузије и привид моћи. Пребрзо, у силовитом налету, заувек је напуштена украшена мочвара. Путник сам. Некада су путовања била оловних корака, покушавао сам да умакнем. Временом, помирио сам се са намењеном улогом и прихватио је, заузео сам место у последњем реду и посматрам. Нисам само путник, и глумац сам. Понекад до мене залута улога. Увек сам негативац и протрчим кроз њу, понекад добијем и мало већу улогу, потраје плес на позорници.

Нисам изненађен ни збуњен. Пажљиво слушам спуштеног погледа. Мало и ретко говорим и тако осликавам привид да ништа нисам упио. Постао сам оно што ми је намењено, изабран сам да трајем до истрошености и будем присутан. Понекад одјурим из круга, вратим се, и изнова одшетам. Најдаље...

Осмех, који немам, искривљени осмех развучем. Неки глас, издвојен из мноштва, нешто ми говори. Сви гласови, знани и незнани, знају да ћу их чути. Цигарета гори и почињем да се опуштам. Сасвим споро, одлажем, остављам довољно времена. Глас додирује небо, узвишене речи као птице замахују крилима. Све изгледа као свечани тренутак. Цигарета је допола изгорела и угасићу је, не прија ми. Чују се одлазећи кораци. Неке друге очи спремају се да ми пошаљу глас. Сигуран сам, то је тај глас, нова улога која ми је намењена. Две супротности и једна прича.

Ћутим. Нова улога то подразумева. Моје ћутање изазива љутњу и гнев, плач и тугу. Све. Све може стати у трајање цигарете која гори. Реч више је сувишна. Тих замки сам се давно ослободио. Добро знам са колико лакоће постојим у ћутању јер оно највише говори. Време није заустављено и није нестало: привид живи и постоји више него икада. Стварност постоји, има свој облик, а родила се на обали украшене мочваре.

Препешачио сам огроман простор, предуго је трајало то бесмислено лутање. Оставио сам иза себе све у нереду, недовршености и запуштености. Све жеље дoпола су остварене, или нимало. Себе сам муком вукао преко нагриженог моста, са жељом да најзад закорачим изван окованог света. У непознато, у другачије, далеко од свега. Пут стазом неизбежности.

Стајао сам на зараслом раскршћу. Опрезан, спреман да не поновим грешке из прошлости. Превише их је било, за више живота од овог, незавршеног. Могле су бити и кобне, али прошао сам са ранама, изашао жив и спреман, макар и хромим ходом, да наставим. Смрт ме мимоишла, сат није био мени намењен.

Потрошио сам милост неба. Пречесто сам газио милост, несвесно, али сам је газио. Не знам куда, али... ни горка искуства која чувам у памћењу, ни јед који спава скривен, не буде ме. Заборавио сам и речи, велике, мале, важне и неважне. Све речи које сам расипао, па трагао за њима. И, увек дође тренутак када се све изврне, постане оно што јесте или није. Главом додирујем камен, покушавам да спавам, или макар да украдем мало сна.

Тражио сам и нисам налазио скривеност. Она, прошла је поред мене, прекрила ме, зазидала. Ту сам, где не желим да јесам, а треба да сам, ту? Узалуд је, прогања ме мисао да је све узалуд. Речи, празне, покретале су се као заставе на ветру.

Неконтролисане и неповезане речи. Изнуђено постојање. Видим себе, а нисам ја. Нико налик мени, а скоро као ја.

Све у облику непрепознавања. Слушам, не чујем. Реченице желе да се роде у мислима, да су као пијавице, да живе у мени. Подне ми нарушава стрпљење. Намерно и бесно затежем, избегавам, невешт сам и не дозвољавам приземност.

„Шта радиш?”, уобичајено и празно, бескрвно питање. Иза фразе, скрива потребу да ми ствара конфузију. Морам остати прибран, не реаговати. Знам то празно ништа, боље од свих познајем речи, празне речи. Све то је успутно, пролазно, силом изабрано.

Ћутим и бележим таласе, запљускују ми мисли. Последње реке се сливају и нестаће ускоро!? Не, не прихватам уобичајеност. Не желим да склизнем у замку и да успорим коначно бекство.

„Онако, добро сам...”, наставља.

То изречено... размишљам да ли да упутим реч, да одговорим. Ако учиним... грешим, ако прећутим грешим...

„Лоше сам. Распаднута сам, расцепљена, у хаосу сам.”

Ћутим, препознајем привид, јефтину представу коју не видим. Осећам подлост, замку. Слике су кристално јасне. Не могу, не желим.

„Знаш, често мислим на тебе и недостајеш ми. Мени лудој, несрећној, тако недостајеш.”

Не нећу послати ни реч. Не, замка је, знам, превара, игра. Лаж је.

После много времена, догодио се један смирен, чак пријатан разговор. Таман сам помислио да су збрке, неспоразуми прошлост, али... Касније у дану који је протицао, пробудио ме је звук поруке. Она, и једна порука, видео сам дужа, скоро као руком писано писмо сатима. Молба, стајала је на врху реч.

„Када будем у могућности, потражићу те. Молим те, не разбијај главу сумњом. Не постављај питања. Све је у реду између нас, само, потребно ми је времена... Волим те, запамти то. Добро знаш шта осећам према теби. То никада и ништа неће променити.”

Следило је дугачко и нашироко писање о свему и свачему. Понегде, искочила би реч љубав... Признајем, нисам се осећао пријатно. Узалуд су све реченице, изливи, заклињања, осећао сам се и изиграно. Размишљао сам зашто је чекала да се разговор заврши, па све то написала. Страх? Смушеност? Несигурност? Зашто, када зна да се после свега у мени покрену бурне мисли, сумње. Обуздавао сам плаховиту реакцију, да је позовем, да будем груб и ко зна куда би разговор тада отишао. Зауставио сам следећу помисао, себи сам говорио да морам прихватити околности у којима смо заробљени. Таман кад сам одлутао, ослободио себе терета, опет њена порука. Дивља и разуздана, увек још нешто има да каже. Увек та потреба да се допуни неисказано.

„Волим те бескрајно!", светлеле су речи. Зна она да ће ме ова кратка порука повратити из шока, можда ћу бити опијен и усхићен. Све зна, без лукавства се игра, вешто и стално непредвидиво. Можда сам је мислима призивао, слутио да неће издржати, да мора још једном речју испунити сопствени привид среће.

Трећи, четврти дан, нема је, а ја не постојим. То сам изабрао или ми је наметнуто? Не шаљем скривене поруке. Уздржавам се од глупих, исхитрених поступака. Нема је, предуго траје празнина. Лутам и тражим непозната, скривена места, трошим време ког је превише. Умарам себе на све начине да бих скратио дан уморним сном.

Лева обала је тужна. Река је исушена и уморна. Личи на устајалу бару из које се шире непријатни мириси. Испресецана је дубоким траговима, као и моје мисли. Виде се прекинуте, равне линије које негде нестају, изван погледа. Бес овладава мноме јер сам немоћан, јер не смем, забрањено ми је. Речи непознате песме су ми на врх језика; ту су да оголе све што јесам. Памтим их уместо да запишем. И не одговарам, желим да повредим је.

„Зар сам ја...?", не одговарам.

„Зар се све ово односи на мене?"

У рађању петог јутра, као да зна да сам на измаку снаге. Зна да сам пробуђен и... Која је игра за коју не знам? Где сам расуо речи? Дан је газио кроз време. Умору поднева и врелини нисам дозвољавао да ме савладају. Чекао сам. Признајем, био сам тужан и празан. Да могу, време бих закључао у кавез, руке сакрио иза леђа. Учинио бих све да не учиним...

Дубоко у себи, знао сам да се иза привида веселог лица скрива тама. У нашим разговорима, када бих био на корак да преко језика превалим кључну реч, она би учинила заокрет, разговор би покренула у сасвим другом правцу. Избегавала је да чује и суочи се са оним што је морало доћи. Причала би о неважним стварима. Није то било из зле намере, ни смишљено, пре је то био страх. Није желела свест о последицама које би могле бити кобне или, у најмању руку, болне. Оне су нас на крају сустигле. Није се плашила мрака који сам носио у себи. Није се бојала ни сулудих идеја код којих би уобичајени проналазили страхоте, ни мог мрачног ума који се речима ослобађао. Од првог тренутка, препустила се бујици страсти. Оној страсти о којој је сањала. Волела је моју изопаченост, дивила се храбрости која је била лудило. Није јој сметала чињеница што сам неприхватљив, осећала је да сам сличан њој, скривеној њој. Никада ниједне очи погледом нису пробиле оклоп. Никада је нико није препознао, за све је била форма облика, мени суштина постојања.

„Једини си. Никада сувишна реч од тебе. Ти разумеш... Плаче ми се душо моја, плаче ми се зато што живим овај живот и нико не зна колико муке носим у себи. Први пут са тобом, не осећам се презрена, одбачена, невидљива. Пред тобом сам оно што јесам. Свакаква, али без осуде, прекора, погледа чуђења.”

Писмо. Исповест тренутка:

Драги мој...

Само ме Бог држи да се не распаднем скроз и неповратно. Моје борбе су дугогодишње и непрестане. Ко зна, можда сам се и распала, а не видим остатке себе разбацане свуда. Не упоређујем нас, свако има своју борбу. Мој избор је љубав, у сваком облику и према свакоме, без изузетка. Немам разочарања, имам туге и радости. Носим у себи и смех и плач... То сам ја.

Све збркано, све у свему, велико ништа иза свих речи. Празни одјеци речи, патетична празнина. Све је личило на велико ништа. Не верујем ниједној реченици слатких лажи. Ни комадићу папира не верујем.

„Страсти цепају свако биће. И моје тако... Волим те!!!"

Као да ништа нисам прочитао, као да сам само посматрао празну белину, невидљивост. Помислио сам, то писмо није упућено мени. Тај нисам ја. Није било ничега, ни гађења, ни презира, ни сажаљења. Само...

Мучили смо једно друго страстима, жељама, бекствима, дугим ћутањем и нестајањем. Изненадним сусретима хранили смо неконтролисану страст. Она и ја. Жељна сопствене пожељности, горела је, разливала се, тада су се сумња и несигурност претварале у ватру. Причала би збуњено и несигурно, тражила је начине и изговоре да је угаси. Некада бих, уплашен, нестао. Избегавао сам сваку могућност блискости, избегавао сам сопствене замке. Тешки су такви дани. Свесно изабрани плес надмоћи, ћутања и бескрајна игра. Празан дан се растезао. Додиривао је врелину и дан у недодиру. Она? Слутио сам, могла би се појавити, сасвим довољно времена је протекло и прави је тренутак.

„Слушам неку песму”, започињала је порука. „И ти си помисао која прати речи. Ово осећање ме боли и раздире. Плачем, увек пишем да плачем и истина је.”

Не одговарам, али желим. Суздржавам се да не будем груб, а сручио бих бујицу тешких речи, увреда. И нестане све и ражалостим се. Она моје слабости није презирала. Можда сам јој потребан, сама је и сломљена и... убрзо бих и ту мисао одбацио. Верујем и не верујем исписаном. Желим и не желим да...

„Ту сам”, хладно учтиво исписан одговор.

„Ти си мој мир и љубав. Једини мушкарац који ме не узнемирава. Ти си чиста, искрена љубав коју не заслужујем. И безобразна сам и груба према теби. Ти знаш да сам луда, а то никада нећеш изговорити. Ти ме никада не би повредио. Знаш и не злоупотребљаваш моје слабости.”

Обоје ћутимо, тешко је превалити следећу реч. Шта и рећи? Реч ће можда изазвати плач или неконтролисани смех.

„Љубави, најискреније мислим све што сам о теби изговорила, написала, помислила. То осећам и то не бежи из мене. Ти не одлазиш, а сенка си, ненаметљив, скривен. Опрости... Потребан си ми, увек и до краја живота.”

Сувише олако изговорених речи, збрканих мисли и превише отужности у разливеним страстима. Прва помисао ми је да се нешто спрема. Слутио сам да иза еуфорије следи пад. Само све одлаже, гаси ветром. Признајем, осећао сам и страх и нелагодност, тело је одговарало на покрете ума. Слутим да су болни догађаји близу, а мисли ми одмах сугеришу бекство као једини излаз како бих избегао агонију. Морам спречити најгоре, све могуће и кобно по нас. Али како?

Постоји невидљива тачка. И мост, тачка сусретања.

Кружили смо кроз неиспуњеност, сударали се и никада се нисмо сусрели. Сви путеви су водили ка спиралном лавиринту. Видљиви и непостојећи; не постоје пречице, заобилазности, не постоји одлагање, сада или никада — то је избор. Све води до једне и једине тачке.

Тражили смо угашене призоре, жудели за мирисима заборава. Препознавали смо трагове оног другог и поверовали у украдену радост. У још једну, последњу прилику. Оставила је отворену капију посеченог трња и удаљила се. Ишчекивала је празнину успорених корака. Упијао сам радосни израз лица и будио се. Пригушена усхићеност са обе стране магле беше скривена, да је не наруше.

Клизио сам кроз левак избројаног времена, отимао трагове наде. Искорачио сам из заборава у коме сам остављен. Не кренувши, закаснио сам и она је отишла. Предуго је чекала буђење успаваног, па је избрисала речи и слике.

„Пустињски цвет?”, ћутећи питам себе.

„Срце највеће!", буди ме радосни глас.

„Погледај ово, изрезано, посебно срце... Дар."

„За мене?", поспано одговарам.

„За нас, нама намењено. Не радујеш се...", као да сам видео њен тужан израз лица. Клонулост мојом поспаном и збуњеном реакцијом. Симболи нашег постојања су за мене сасвим другачији. Немам одговор на раздраганост. Мој одговор је збуњеност. И чему одговор на...

„Ти си душа. Моја душа и хвала ти. Не дам те."

Иако је покушала да пређе преко чудне и помало непријатне празнине, није ме пробудила. Све је личило на празнину изреченог. Предуго све траје, препознајем замке, али не бежим од њих. Нисам двојник, не умем то бити и не желим.

„Ти ниси двојник", наслутила је моју помисао. „Никада ниси био. Ти си мој и само мој, један једини, велики дечак."

Не желим ове празне речи, мука ми је од њих. Све је као лоше отпевана песма. Не верујем.

Празнину сам заменио „испуњеношћу”. Измишљао сам разне обавезе, само да испуним дан. Дане. Некако је протекао први дан, други је већ био мучан. На крају тог дана, беснео сам на себе. У бележници сам проналазио датуме, нечитко исписане скраћенице, тражио сам разлоге да допуне љутњу. Када се дан већ гасио, бес се претварао у тишину. Тишина би, са мраком, постајала туга, затим немоћ. Десети је дан и као да је вечност иза мене, а не тек неколико дана. Бежим и не желим да ме било ко посматра, не желим да било кога сусретнем. Нећу да чујем започете празне речи и... Презирем могући, празан разговор.

Нема ни снова. Ишчилели су, одбегли. Не сећам се последњег сна, а знам шта бих желео да плови кроз мој затворени поглед. Или, само мислим да то желим. Не признајем да све је недостижно. На недостајање одговарам снажнијом тишином.

Сањам, јер ово не може бити стварност. Илузије су жељена стварност, и празне речи. Илузије и ја, ја сам илузија. Не верујем у оно што видим. У мени су неповезане речи, мисли. Неко ми отима тренутке и сада је све...

„Спремна сам да све му признам. Све о чуду које ме је задесило. Зауставим се у последњем тренутку и прећутим, сачувам нас, сачувам нашу тајну. Распадам се, колико пута сам ти рекла све ово? Описала стање које се преноси из дана у дан. Мучим те, а он је спреман на све. Ја те не дам, желим те..."

Дотакао сам врхунац збрке, лудила. Те речи, као прогонитељ су, муче ме и моја једина мисао... Не могу да збацим терет са себе. Не постоји разумна реч коју могу да заустим себи. Само желим да све ово стане, да зауставим и прекинем заувек, а не могу, не желим...

„Ти уради шта мислиш. Нећу бити љута. Волећу те и бићеш..."

Путовања која су сањана, од којих се није одустајало. Дуго припремана путовања, која се нису догодила... Снови и разочарања исписана на страницама. Путовања скупљена у кратким лутањима и претворена у ход по облацима. Сва она, по скривеним стазама између раздвојених дана.

Ближио се час који ме је изненадио. Врелина ме је омамљивала, а будила силну страст — жељу. Постајала транс, не остављајући простор празним мислима. Отимао сам сваки тренутак, плашио се да се мисли не истопе, нестану. Бележио сам, завршавао... Ходао по облацима. Осећао сам и неко слабо задовољство, некакву испуњеност недовршености; смишљену недовршеност коју ћу сакрити у празнини која долази. Крај је. Није крај. Не постоји крај, постоји завршетак или...

Спокојно сам затворио очи — мост и уточиште замењују места у оба ока. Прескачу препреке, весело плешу... Најзад признајем себи да весело сањарим, путујем лишен окова. У торбу нећу ставити ништа осим украшености илузије. Са собом носим две слике и наду. И радосно изненађење. Ходаћу мостом парадокса. Из планинске куће покупићу мирисе раскошног града. Време неће вечно трајати, довољан је један, или неколико тренутака. Путовање, сада или никада. Новембарске кише назирем и видим искрзани сат, заустављен у одмеравању пролазности. Путовање? Сањам, а не мора бити сан.

Прескачем и остављам празну страницу. Нека скупи прашину таме, нека сачува одсутност.

Речи ћу зауставити, нећу даље исписивати. Крај је сада, док сањам, или је завршетак. У оку ми је голо и покисло лишће, себе не видим.

Рекла је да ме воли, да то не заборавим. По ко зна који пут је то изговорила. Понављање осећаја узвишености ми изазива сумњу, али, веровао сам јој. Нисам имао други избор, или нисам желео да то није истина. И лаж ми је потребна да живим. Храним се лажима, желим да су истине. У тишини, у празнини којој се не назире крај, неизговорене речи стоје негде између, у измаглици реченог и прећутаног.

„Распадам се... Плачем, уништена сам и морам ово да пресечем, да решим. Не смем те позвати. Плашим се, увек је ту и као звер вреба, прати трагове. Плашим се и када га не видим, када није ту, страх ми је утиснуо у ум. Имена која у сну изговарам, упија, буди се и ослушкује.”

Мучно ми је. Зашто морам да будем оно што не желим? Зашто сам ископао дубоку рупу у коју изговарам мрачне речи? Зашто, поновљене, празне, бескрвне реченице.

У два дана, можда и мање, пријатан ветар је угасио врелину. Сунце је било бледо, варљиво, као да је нестало. Осећао сам се уморно и исцеђено. Тело је било обамрло, у стању врелог кошмара. Мисли су ипак биле уморно будне, живе, а мрачне. Одраз унутрашњег себе сам скривао. Два паралелна света, два живота. Видљиви, који сам муком и гађењем трпео; и онај онострани, мрачни, препун разних ужарених мисли у којима је живела угашена светлост. Пустињски цвет нестао је. Сањао сам њен мирис...

Истрошеност, не тренутна, већ стварна и дуготрајна све брже ме је носила. Цедила је полусан, извлачила последње фрагменте сете, туге, недостајања и беспомоћности. Мост је увек био у погледу, мост којим никада нисам корачао. Био је симбол наде у касно рађање. Био је увек прва мисао, иза које би следио њен лик, осмех и...

Далеко иза свега, живело је угашено време, време у коме немост душе и срца није изговорила праву реченицу. Ваљда преплашен, збуњен, не верујући себи, нисам препознао. Нисам могао да верујем да испод погажених дана живи раскошан цвет.

Сада је све празно, разливено време је исцурело и не постоји. Сада је оно моја омча, тег који бих да немам. Оставио бих праву реченицу на широком зиду, само једну и она би знала да сам ходао скривен мраком. Рекао бих јој... Можда бих био уплашен када би ме равнодушно погледала? Муцао бих? Написаћу, ставићу поруку у боцу и отпловиће. Облаци ће је њој однети. Желео сам да зна да је волим. Искрено, дубоко, бескрајно. На свој, посебан начин. Рекао бих јој да су ми мисли давно изгореле и да не знам... да се увек збуним и све избришем. И да ми је жао и да ме боли све.

„Све твоје је депресивно и мрачно. Ти си такав, када видим твој лик, видим таму. Тужно је, толико лепоте у теби је избрисано. Толико лепоте и радости око тебе, а ти је не желиш...“

Замишљао сам драго лице како ми говори све ово. Тужно је, сигурно. Нису ме речи повредиле, био сам љут што нисам умео показати себе, отворити срце. Уздахнуо сам, ћутањем ћу јој рећи и не тражим одговор.

„Немој избрисати... и то је довољно, да мало мира понесем са собом...“

„Мирно" је било све, пригушене су све емоције. Измишљао сам разне обавезе које су могле чекати, али одузимале су ме од празних мисли и беса. Удаљавао сам се од света око себе, од промицања кроз дане, од живљења, изнуђеног, нежељеног. Лутао сам до најудаљенијих тачака могућег, бежећи од себе. Ни лутања нису доносила макар краткотрајне радости, ишчезле су. Сан, дуг сан ми је био највећа жеља, уточиште. Желео сам само дуг сан, да у њему пронађем трагове наде. Све непостојеће.

Ретко и увек са немиром, покушавао бих да у позно вече отргнем неку залуталу мисао, да је забележим, сачувам. Ретке су вечери са једва осетним задовољством. Ипак, нисам очајавао. Ваљда је терет очајања испарио, или није злокобан. Личио сам, у краткотрајним сусретима погледа себе са собом, на празни облик празних мисли које некако чувају поспану будност. Празан и раван ток ничега, као линија на екрану када срце стаје. Помислио бих, или несвесно признао, да нисам успео. И нисам.

Отргнуто и искидано сам мислио. Мислио сам и о њој, једва то признајем. Узбуркано и са страшћу и мржњом, мислио сам о њој. Мисли су биле толико бурне да сам их се стидео.

„Не могу, не могу да се правим да не постојиш. И најмања помисао на тебе ме раздире. Најлакше би било да могу са сигурношћу рећи да те не волим, да не постојиш и да си привид. Ти ћутиш, мучиш ме... Реци нешто, макар ме увреди, реци да сам најгора, само немој ћутати, то ме понижава. Осећам да сам зла. Молим те, не буди отров...”

Ћутао сам. Сувишно је за једно јутро које је личило на неки нови, другачији дан.

Он ће доћи. Заспала је са том мишљу. Шта ће бити ако не стигнем, ако она заспи у леденој беспомоћности?

Лаки, нечујни кораци су клизили. Застали би, кренули напред несигурно, одустајали би од трагања. Свака сенка која је промицала, била је примећена. Неке нејасне реченице ме прате цео живот. Урезане су, живе и сасвим су ми непознате. Негде сам требао стићи? Када, где? Слика и мисао су ми блиски, али, можда су слика и мисао из тренутка када сам започео бекство од себе? Оне ноћи, неке ноћи, које се не сећам. Када сам био далек себи, када сам се скривао од гонитеља?

Она сенка је дете. Сада можда жена. Она је из сна. Из будности. Она је мој усуд или изабраност. Схватам да жеља постоји и да сам део ње. Не видим глас и не чујем звук, али су ми драги. Љуби ме глас који ми говори, глас који припада непостојању. Призивам радост иако ми се рађа мисао да сам потпуно сишао са ума и да ходам по замкама. Можда снажна жеља надјачава ад који ме зове, чији зов одјекује као ехо.

„Не размишљај, поквариђеш чаролију”, ветар, или ми неко говори.

То је одабраност, видим све јасно кроз мрак. То је моја жеља која живи и коју сам заборавио.

„Оствариђу је”, глас ми путује кроз празан парк.

Ђутим, сањарим, уживам.

О себи, само о себи, у сваком тренутку, до исцрпљивања ума. И ретки су ме се клонили. Као да исцртани знак беса корача поред мене. Замишљам себе, лице чудака, лице у трку коме се склањају с пута. Уморан, бесан и гневан. Увек такав, ћутљив и ћудљив, онај од кога зазиру.

„Није ти лако. Тешко твој ум подноси свет у коме си се затекао, свет који видиш и живиш у њему, а радо би га избрисао. Тешко је носити оловну памет”, глас хода и шапуће, чујем га иза корака. Зелене, продорне очи стрељају погледом. И тужне су.

„На корак си од пада. Демони плешу око тебе... Волела бих да могу да ти помогнем, али ти сам себи не желиш добро. Или не препознајеш.”

Остале речи које су шуштале, бесом сам растргао, отерао од себе. Нисам ни могао ни желео да слушам празне савете, нетражене речи. Зашто глас не пресретне моје кораке, стане испред и прострели ме погледом? Зашто као утвара хода скривајући се, шапуће?

Знам, јадно сам биће. Ретка светлост која ме обасја увек брзо избледи у судару са тамом и нестане. Уморан сам од великих и тешких речи, празних речи. Превише људи је нестало, избрисали су ме, избрисао сам их. Често, хир је био пресудан. Само нека ме сви оставе јер сам уморан, од себе, света. Треба ми неко, мени сличан, да са мном подели оловне мисли.

У повратку, затекао сам писмо. Празан папир, испод њега још један. Речи неке песме, не знам које и зашто мени. Ко ми шаље скривене поруке?

Ти си моја страст... вена кроз коју лудило тече... еуфорија... оно што желим...

Сасвим нејасна порука, натопљена мирисом мора, сете... Мени? Не верујем у то.

Дилему сам желео да решим по сваку цену. Болну дилему са само једним питањем: Где сам погрешио? Зашто се догодила збрка у часу који није ни постојао? Тешко ми је, тешко и са муком ћу носити терет незнања. Не желим лажну утеху, изговор.

„Не могу да се начудим...", такав почетак реченице, наговештавао је непријатност, моје суочавање са собом.

„Да ли збиља не умеш или не знаш... Не прекидај ме твојим оправдањима, слушај. Изазивао си, на све стране... Све могуће ти је понуђено. На све сам била спремна за тебе, али теби то ништа не значи. Теби све што сам чинила ништа не говори о мојим осећањима!? Ти пишеш, помињеш вечност, то је лаж. Љубав се не пише, она се живи. Корача јој се у сусрет. Чува се, она нема границе."

Узалуд је да започнем реченицу. Ћутао сам јер нисам желео изазивати још снажнију бујицу речи. Плашио сам се да би једна моја реч била сувишна и да би све између нас заувек нестало. То нисам желео, желео сам је заувек ту, у својој близини, макар и у привиду.

„Знала сам колико ти значи онај дан, твој дан који си ишчекивао. Желела сам доћи, али схватила сам да то не желиш. Из страха можда, није ни важно. Ти само машташ, све твоје је машта, фикција, бекство. Ја сам пронашла своје одговоре. А ти?"

Заувек? Нестало је све заувек, или је то љутња која ће проћи?

Ишчекивање се настављало. Све је уврнуто, наопако, из дана у дан. Нижу се нови порази. Љутња је испарила и беспомоћност је одраз лица који носим. Ум, када би био будан, можда би осетио пролазну жељу. То би личило на муњу која је само покушала да блесне и прекинула се, нестала. Враћао бих се у пређашње стање, стање предмета и облика. Под теретом догађаја који су се низали, био сам само истрошени предмет.

Ретка јутра су ми пријала, она празна, без икога, усамљена јутра. Јутра буђена јарким бојама и благо сунце би пробудили радост, али и сету. Пробудио бих угашене реченице и жеље. Одморан, спремио бих се за нова лутања.

Ако одустанем скроз, побеђен сам. Започињао сам причу старом стаблу. Говорим му да не желим да завршим на гробљу сенки и кућних љубимаца. Један покрет, једна разбуђена мисао, то ми је потребно. И један догађај! Да ме подигне у паду, да ме изненади пријатно. Не погледом, путовање започиње додиром — када кожу додирну немири, страсти и жеље.

Опасна и тешка жеља ме буди. Некада је скривена, успавана, али увек је ту. Некада се притаји, чека слабост, успаваност, одсуство воље. Из ње се увек рађа страст коју гушим, којој се отимам. Избегавам је на све могуће начине, али увек ме сустигне. Успавао сам себе, немире сам умором исцрпљивао. У бесмислености, празнини, измишљао сам разлоге и чинио немогуће. Привидно сам успевао, гасио непостојање, имагинацију, гушио стварност. Ходао сам невидљивим тачкама, претварао их у уске, скривене стазе. Понављао сам дане и убеђивао себе. Све поновљено, звучало је јасно у уху. Наставио бих пут испрекидан замкама.

Често, желео бих да спавам, уморан сам, али сан не долази. Она је долазила, нестајала, као да жели да зна и да потврди себи да нећу имати мир. Уносила ми се у лице, нежно, страствено, кокетно, на граници изазова. На додир усана, измицала би и плесала. Пијана веселост, непостојање, она и ја, мрак и зид између.

„Јеби се...", као да са највећом страшћу изјављује љубав.

На стиснуте усне, на забрањену реч која се не да отргнути и кренути... Настављала би са осмехом.

„Јеби се...", широког, веселог осмеха исијавала је страст.

„Је-би сееее..."

Зачудо, нимало нисам љут, чак ми је симпатична пијана игра. Не могу бити љут на бисерни осмех. Само ми се спава, превише је касно за игру.

„Трајаће док ја желим. Знаш! И само покушај да нестанеш. И, јеби се...", насмејала се радосно изразу лица које посматра.

Она није птица, али слетела је. Не са облака, са звезда је слетела. Клизила је са неба у сан. Разбудила је угашеност. Посматрала је збуњеност, очи и несан који је пловио. Дуго, у широком погледу упијала је израз лица.

„Постојим, ниси знао? Или ме ниси препознао. Многи путеви су се укрстили у неком давном сусрету. Постојим и ево ту сам, дошла сам."

Одћутао сам себи питање: Ко сам? Уместо питања, видео сам стазу, вече и густу разливену празнину.

„Жеља, то сам. Предуго размишљаш и све си заборавио."

Ко може читати мисли, одћутао сам и следеће питање себи. Све је збрка и хаос, и плашим се. Рекао бих јој да није стварна и да никада није постојала, али...

„Ја сам твоја жеља. Нећу отићи, не дам те. Коначно, сада сам оно што ти припада, оно што си заслужио ишчекивањем."

Додир. Мисли. Одбачене мисли, расуте и заборављене жеље. У забораву се рађа постојање!

Занемарио сам претходне дане. Хрлио сам новим јутрима. Бледило мрака будило ме је клизећи кроз једва видљиве отворе. Занемарио сам и свеже угашену прошлост. Није недостатак радости разлог. Део скривене стране само се плашио силних емоција које су личиле на дивље и необуздане звери. Без препрека, са страхом који буди и опомиње. Откидам делић јутра и јурим кроз његов најскривенији део. Сваки мој покрет прате сунцем окупани дрвореди који су призор среће и најављују добар дан. Пратим путоказе и кружим ка циљу у пратњи разбуђеног јутра.

Можда сам све заслужио. Страх од губитка паралисао је започету и незавршену мисао. Жеља би да ме зграби, да ме не да. Јасно изречено питање зове се — сумња!

То што се догодило... у најскривенијој жељи... није било уобичајено, можда ни нормално. То је био крик, болни врисак тела, душе. Гласно је одјекивала обострана жеља. Све је вијугаво, искривљено, скривено у нади, страсти, ватри. Сва сумња је одбачена и прихваћен је презир. То је неважно. Ми постојимо.

Скривао сам „дар". Чуо сам музику и глас који не говори. Глас само дише и бледо сија. Чврсто решен, започео сам путовање без повратка. Нема одустајања. И сам ако останем, до краја ћу ићи. Ово је путовање између раздвојених дана, далеких дана. Они су постојали. Ретки, бледи, скоро невидљиви, жељно ишчекивани. Време би се с времена на време убрзало, да нестане и претвори се у невидљивост. Сумња и одустајање не постоје. Ипак, пречесто се враћају да ме разбуде и подсете да сам пробуђен и да не одустајем, да верујем у промицање кроз раздвојене дане. И боја очију, да боја буђења.

Једном, некада, био је чудан дан. Или је било чудно све скупљено у њему. Будио сам се и хранио угашену неодољивост. Нисам дозвољавао ни најмањи предах, грабио сам и отимао сваки празни тренутак. Настављао сам даље. Врели дани, протицали су у ишчекивању, нади, у набујалости. Први кишни дан, заборављени степеник, сумња и нејаки осмех. Невидљив лик, глас који је несигуран и буктиња.

Вест о губитку, скоро да је сасвим угасила наду и набујало пролеће у ком су се сударали ретки зраци и оловни облаци. Испод мене, вртлог стихије. У мислима оловна туга, немоћ и дани које не желим. Изнад, на облацима све заборављено и никада виђено.

Тромо и отежало тело, вукло се кроз усијани дан. Чудни облик бројао је протицање времена и хода од... до... Та звезда живи дању. И сан јој препознајем и мисли ми шаље. Нисам се трудио да отворим поглед и крочим у назирано. Настављао сам. Разбуђеност је дивља и не да ми мира. Додири врели, клизе по лицу и пеку ме. Раширио сам поглед. И... Ништа. То сам и очекивао.

„Влажна сам и страст плива као дивља река. Неконтролисано је и сви могу видети... Убијаш ме сваком новом, израченом жељом. Горим...”

„Лице бих ти... Да сваку кап дотакнеш.”

„Умирем скривена у бекству... Кријем се окружена искрзалим мермером, тражим најдубљу таму... Хладно је, а врела сам.”

„Желим те.”

„Шта ми то чиниш?”

„Речима само, а...”

„Устајем из мрака, остављам га у дубоком сну, гушим глас, замишљам тебе и...”

„Свако јутро је слично, неее, свако јутро је ново и све теже ми је. Тебе нема, а постојиш. И речи, речи, речи. Кидаш ме њима.”

Ја, ништа нисам говорио. Моје ћутање, можда уживање у ватри речи било је неми, сладострасни одговор.

Храбрио сам себе, храбрио да овај дан не мора бити пресликан. Дан у буђењу, тежак од терета преспаване жеље. Тражим ослонац, тачку — да ме пробуди.

Не треба ми пуно. Подерана торба, старе патике и радосна празнина постојања. Постојим као ватра, а нема ме. Сваки замах испружене руке сустиже брз и груб одговор. Искривљена стварност и непостојање.

У ухо сам увукао мелодију. Такт по такт, невољно, певушим и силом угашене жеље покушавам да изменим стање. Кроз лево око, до ума ми путује мисао која нестаје кроз лутање десног ока. Ширим мокре дланове док капи раздиру дан.

И ништа. Велико ништа!

„Бесан си и огорчен. Не смем ти ништа рећи, а желела бих", зелене очи, реч по реч изговарају.

Питање или одговор, збиља ми изазивају бес. То је као капи које дуго и досадно падају по лицу. У шетњи опустелим парком, стегнутих усана сам задржавао продужени бес да не прокључа и да ватра не изгори празнину зеленила. Отров је хранио срце и оно је снажно куцало. Жив сам покретима. Уснуо сам, то је тачније. Призивам бес и мрак шкргутом зуба. Погледима шибам жељу да се преда и нестане.

Све је остало у затвореној, тешким мирисима успаваној соби, у загушљивом мраку боје ада. И чему мисли које се боре? Једна исхитрена мисао срушиће кулу од карата. Ако је пад, нека буде коначни и нека буде крај. Сада нека све избледи, до краја последњег корака. Глас, авет ме буди, привидом ми себе показује, лаже да сам потребан, да оставим све и кренем сада. Говори ми да су речи говор срца, тек некада страха.

„Не дам те! Али никада те нећу дати...", као да сам ствар?

„Свака моја мисао је тренутна. Истина је тренутак који изговорим. Знам, ти ћеш рећи... али истина је."

Иако је нестала, никада није закључала врата кроз која бих могао ушетати. Кључ капије моста је сакрила у једино могућој скривености. Запамтио сам последње поруке. Биле су о узалудности, различитости и о исцурелом чекању. О пешчаном сату који је остављен да изброји последња зрна пустињског песка.

Моја нада је одлагала бесмисленост. У свакој ноћи, снови су ми доносили птице у ниском лету. Њихова нестајања са хоризонта била су знаци да ту негде, скрива се мост. Невидљив и магичан. Око њега су уске улице, иза њих су назирања невидљивог, чежњивог. Мост, сјај у погледу и скривена река. Мало је до последњег корака, до вечности. Мост нисам пронашао у бекствима.

У беспризорном облику, одвијала се борба. Мучна, и у њој чежњива мисао која је стајала спрам војске непостојања. Тиха борба, за ум, срце, жељу. Очи ми пуне мелема, меког додира.

„Крај је путовања. Не окрећи се, не нарушавај чаролију.”

Сетни, нежни глас, пун љубави, певушио је успаванку гледајући мост који нестаје у магли вечери. Осећао сам се живим, вољеним. Постојао сам и стајао пред вратима вечности иза којих су била поља јагода. Пустињски цвет? Она је!?

Иза нас је све нестајало. Огољено, нежељено, мучно, баш све одбачено. Макар и на тренутак. Испред, постојао је пут дуг и раван, далек. Још даље, постојао је град-сан, илузија, нада, град из најлепшег сна. Хиљаде километара у непознато, путовање две сенке које хитају иза завесе.

Музика скрива осмех, стид, жељу и осећања дишу прекривеном бледом светлошћу.

Дубоки уздах добродошлице у свет бекства, без речи. Пустињски цвет и ја, у пустињи препуној постојања.

„Коначно”, осмехнула се.

„Најзад...”, ослобођен немира прве реченице. „Желео сам да све ово започне на посебан начин, али збуњен сам и осећам се глупо и све... Пало је у воду све што сам пожелео да кажем. Личим на пајаца, а сањао сам...”

„Неважно је, ти си овде и сада и најлепши си дар”, пољубила ме осмехом.

Двоје номада и ауто у промрзлој равници. Тишина и мириси оштрих ветрова.

Посматрала је очи, стајала на длановима. Сливала је радост. Двоје номада, угасили су ноћ.

„Желео сам да...”

„Само ћути. Уживам у погледу.”

Сан и буђење празног сна и пут којим нисам пошао... Бес се спремао за последњи јуриш. Покретао сам тело на буђење и жељу. Голим рукама, по цену крви бих да покидам бодљикаву жицу нежеље. Спреман сам да учиним све, чак и по цену сопственог нестајања.

Мрзим своју одбеглост. Мрзим дуго и мучно гашену страст коју су ми отели. Направили су од мене празан облик. И зато, сада или никада, по ко зна који пут се храбрим. Иза ове жеље, отетог сна, немам куда. Не желим да останем. Не желим испред себе гадљиву препознатљивост. Сада или никада, последњи јуриш или крај. Блатњавом стазом, препуном замки, потрчао сам у загрљај својој празнини. Чинило се да су руке њене. Скоро сам сигуран да ме она грли у овом тренутку непостојања. Тражимо је бледи месец, једини помоћник који осветљава траг, и ја. Сигуран сам да чујем њен глас који ме дозива кроз мрак. Ту је, скрива се, сигуран сам да је ту, јер мирише постеља натопљена ружама. Сигуран сам да је ту зато што је дивљи свет мог лутања заспао, а ја немам жељу да га пробудим.

Нисам се мирио са отетим сном. Нисам пристајао на бедну предају, да окренем лице, погледам земљу коју додирујем и да нестанем. Неко, стално ми отима. Не препознајем лице, лица крадљиваца.

Аутомобил је споро клизио у повратку. Двострука нада, две жеље у очајању и нимало остављене наде. Два заустављена хитања некуда, повремени укрштени погледи. Ћутали смо и нестајали. Мој ум, ако је био мој, одбијао је сећање на последње часове. Огорчен, одбацивао је конфузне слике празнине. Одбијао је сваку помисао да на крају настаје нестајање, заувек. Склањала је поглед. Руком, у страху, покушавала је да дотакне жељу. Миловао сам врхове прстију, миловао сам сећање које ће једино остати. Ногом изван аутомобила, у покрету одласка, оћутао сам последњу поруку. Речи, обећања, не, не, не.

Далеко сам се сакрио, у празном насељу, не знам ни име тог села, варошице. Побегао сам са тугом у први мрак и одлагао сам... Тешко сам се кретао, мислио сам о... Лице сам скривао, да га светлост не оголи и да ме мрак не види. Скривао сам се, нисам се ни окренуо да испратим њен одлазак. Нестала је журно, са тугом, по звуку сам знао да је нестала. Све је било као да се никада ништа није догодило. Нема је тек неколико минута, а ја бих силно желео да вратим макар тренутак украдених дана. Желим крхку наду и, макар и несигурно, обећање, да једном...

Непознати је препознао изгубљеност.

Добродушно нарушавајући тишину, прошапутао је: „Први аутобус креће... А ти, куда путујеш?”

Слегао сам раменима, ћутао. Нисам имао одговор и, најискреније, нисам знао куда желим. Ваљда је мој поглед био тужан, видео је да ми није до себе. Осмехнуо се, ћутке пожелео срећу и нестао.

Будио сам се. Дивљи свет празнине и таме промицао је у погледу. Лица приљубљеног уз стакло, гледао сам, одлазио, далеко...

Врелина ме одвела далеко, у прву закључану собу. Врелина није била једини разлог, могао сам набројати мноштво других разлога. Једноставно, скраћивао сам време кружењем. Облик сам претварао у призор. Краткотрајни, али призор жив. Живео сам тако.

Она ми је недостајала. Највише и једино она. Све што видим не бих да видим, само њу и осмех желим. После свих лутања, падова, бекстава, наивно сам веровао да сам пронашао облик затворености, али... Корачао сам стазом ране јесени, остављао избледеле слике и тугу. Тражим наду, дане које бих измаштао, живео. Веровао сам, у уморном ходу, да се чуда догађају када на њих заборавиш. Када ништа не очекујеш. Обећао сам. Бићу сенка и чувар, бићу невидљив и присутан. Бићу све и нико. Тешко, али бићу.

У мислима су слике и стања недостајања, нежељени и изнуђени догађаји. Плачни, смехохрабрења да никада не одустанем. Глас, недостаје ми, мења стање, он не лаже иако је невидљив. Глас буди наду и осмех. Осмех обоји радошћу празне призоре.

Врео је сан поднева. Умртвљује, исцрпљује, цеди. Ненајављено, ходала је кроз подневни сан. На скривен поглед, одговарао сам радошћу. На избегнути додир, додиривао сам испуњеност сунца. Пољубили смо се тајно, без додира. Грлили смо се скривено... Врели ветар је премештао прамен са ока на око. Украли смо тренутак, били срећни, макар у привиду. Отргнули смо себе и предали себи.

Илузија је уже, уже усмерено у правцу облака. Чврсто сам зграбио могућност и одбацио камен над провалијом. Скоро да сам крикнуо, будећи се и бежећи од смрти у сну. Тако живописно смрт долази, као да је пловидба сном, а сан последње уточиште. Сат је откуцавао, шапутао ми, будио ме. Време није било скраћено и дан није сасвим исцурео. Неправедно је да оптужим дан. Није он најгори који памтим. Било је тежих и горих. Али, олово у мислима је претешко. Зрно је претегло на тасу... Прешао сам границу, невидљиву, и ово је след свега.

Тражим ослонац. Тачку неповратка. Желим да престане једнолично кружење које траје. Не желим исти призор, облик, простор, доста ми је утвара које мењају маске. Долазе и нестају, поигравају се. Време, сведок, не пролази, не одбројава ишчекивање. Сутра не долази, не стиже. Буди ме мисао, она? Капија се отвара и видим дан у нестајању, даље је град који спава и љубоморно скривам тај свој поглед.

Стидљиво, не будећи је уживам у нагости стомака, у осмеху на крајевима усана, у успаваној страсти. Сања себе у сну и дарује ми се. Страх и жеља у борби мисли. Неодлучан сам. Да ли прећи границу? Жеља је снажна, али шта ако је страст одбаци? Све се одиграва пред призором који нестаје. Измаштано не вреди тренутка који видим. Спава. Тама је заронила и време је сна. Чувар је ту, њен чувар сам ја. Белина се провлачи између рубова скривености и до изражаја долази сјај нагих колена. Магични призор немогућег, делић сачуване чедности, претвара се у отисак укуса који успављује.

Превише је, понављам често, свакога дана. Превише је! Изговарам, док крупним корацима бежим од светла улице, у своју одбеглу тишину. Гомила непостојања прети да ме опколи. Говорим да је превише ледене непостојаности, празног сна и заборава, кад, наједном, схватих да сам пробудио себе у сањарењу под крошњом голог дрвета.

Облици су прогутани, уздаси испуштени и не види се. Не препознајем тугу ледених иглица. Једино што ми је познато су мост и модра река, као и хиљаду узалудних мисли, мисли које не значе ништа. Скривам поглед пред немогућности да с леђа збацим терет, пред кукавичким нагоном да побегнем, заувек. Превише је!

Пустиња није пустиња. Пустиња је већа од било које. Бесмислени круг, у њему ја. Око круга ја. Свуда ја, а не постојим. И нисам у себи. У свету око себе, а он заглушујући.

Чиним све да изменим ток вреле реке препуне муља. Буде ме и збуњују непознати појмови. Ретки гласови говоре и брзо нестају односећи све са собом. Који је сада корак? Којим кораком се прелази граница и где је она? Нисам зауставио ветар. Наду, скупљену у мирису, нисам сачувао. Сада ишчекујем немогућу могућност?! И она неће доћи. Време се није зауставило у одбацивању. Није тромо и успорено да га сустигнем.

Све сам рачунао према украденим непостојањима, илузијама, сударима укрштених погледа. Колико ишчекиваног никада није стигло? Колико погледа стида сам желео да небо види? Увек сам све остављао за наредни сат, дан, годину...

Последње, пре сна, било је да сам лицем дотакао стакло. Наслоњен, у кривудавом лутању.

„Како си? Дуго ме избегаваш, али добро, нисмо сви исти. Различити смо скроз, али бескрајно си ми драг, волим те јер си другачији, посебан на свој начин...”

Признајем, био сам збуњен изненадном поруком. Дуго је није било, на вечност је личила та празнина. Радостан сам. Како сам сањао овај тренутак, али гордост, надмени плес моћи, глупост која је све могла срушити... Заборавио сам на љутњу која је била отисак последњег разговора. У мени је проблем, тешко прихватам да постоји другачије, једноставно, без мрког израза лица. Постоји и бурно, плаховито...

„Да не заборавим, иако си забранио, нисам ти рекла да те волим. И, нећеш ми забранити да те волим... И јеби се... Брига ме за твој израз лица док читаш моју поруку. Знаш о чему говорим.”

Насмејао сам се. Све она зна. У исто време, тужан сам. Да ли су ове речи остављени трагови наде? Да ли се руши неодлучност?

Тамна страна месеца је спремна да покопа наду. Иако празнина плови кроз маглу, препешачио сам голи простор. Не постоји последња тачка, ни иза ње бескрајни низ који не видим. Не постоји брутална сила која све може избрисати.

Избрисао сам себе. У скривању лутао, трагао и нисам проналазио. Никада нисам имао снаге да одредим време повратка. Свет који сам познавао никада нисам разумео. Свет покрета и низова, свет празан и бесмислен. „Стварни” свет.

Клизио сам по леденим развалинама. Ходао по трњу одбачености. И, изненада, ушетао у свет слатких привида. Исто је, иако другачије. Тамо непостојећи живе у ретком сећању док су многи отпловили. Мирис видљивог је непромењен, сличан је укусу оловне горчине. Bel tempo! Стрпљиво ишчекивање привида може да буде „награђено". Препешачићу мост. Више пута ћу то учинити призивајући њен осмех. Месец ће бити млад и сјајан кад, кроз спиралне степенице, дошетам до таме постојања.

Још један израз изгубљености у још једном покушају одвојености. Све сам разумео када се круг поново завртео. Понирао сам и нестајао.

„Поглед те мучи?", глас као метак, клизио је кроз потиљак. Глас уобичајен, хладан, без страсти и наде. Глас без мржње. Глас који посматра, ленствује и лови залутале. Нисам одговарао, бесмислено је изговорити било шта непостојању.

„Поглед. Поклонићу ти га. Тражиш га у лутањима."

Моје ћутање било је снажније. Мој ход био је убрзан.

„Не бежи, дуго те посматрам. Жеља да будеш посебан је одбачена. Ја доносим мало добре воље. Твоја жеља и потпуна немоћ, постало је све тако тужно. Јадно."

Убрзавам.

„Сваки поглед могу учинити постојећим у твом оку. Ако желим."

„Не можеш", најзад љутито одговарам.

„Сањаш тај поглед. То је искривљена слика у разбијеном огледалу, машта која се претвара у немогућу лудорију. Ја уживам у твом бесу, немоћи, изгубљеним данима."

„Не постојиш", више него самоуверено сам одговорио.

„Чаролија" је избрисана, а замку сам заобишао. Упркос прогоњеној нади, нови дан ће доћи.

Дланови су били топли, влажни, клизила је чежња.

„Мислио сам...", успорено сам започињао сећање. Скривен у вагону, ишчекивао сам да се уморни воз покрене. Иза погледа, оставио сам јасну поруку, исписану у сну. Одлучио сам, најзад, после препешачене пустиње сумњи, да дуго и тешко време оставим иза себе. Само уздах, а то говори све. Исписана историја лутања. Прошлост је протекла у искрадању. Корачао сам мислима, спорим, тешким мислима. Живео сам од бекства до бекства, кружио сам у кругу парадокса, увек несигуран у сопствену одлуку. Опречности све чине немогућим. Крхка нада се с јутром пробуди и брзо нестаје.

Проклет да сам, како ништа не знам кад сам сломљен. Гоним празним мислима себе, плешем клизавим корацима по страху у сваком рађању дана. Најзад, ушетаћу као крадљивац, незнанац. Храбрим себе да морам дочекати јутро наде по цену живота. Пробуђене, ретке жеље и радости, брзо постају мучне и безнадне. Слаб сам, кријем то од авети. Вешто, не знам могу ли успети? Кријем све испод наслага избразданости.

Сенка се на врховима прстију прикрадала. Плесала као балерина. Корито реке било је натопљено маглом, а улица до реке је спавала. Спори ритам тела и лаки умор. Сигуран сам, повез на очима или нечије руке. Мирис и додир прстију извиру из мени непознатог дела сећања.

„Дошао си?”, са олакшањем је дочекала бегунца.

„Обећао сам.”

„Твоје путовање некада личи на вечност, некада на кратки сан. Јуче, искорачио си из круга, покрета. Наставио си храбро и сигурно. Све време успоравала сам кретање и аутомобил заустављала на раскрсницама. Излазила бих и чекала. Рађала сам прилику, продужавала време. Само да сустигнеш. Није предуго трајало. Само два сна сам преспавала, устала одморна и ти си стигао.”

„Некада, чинило ми се да су протекле године. Чинило се да путовање нема краја. Заборав је прекрио ситну кишу на друму и искрадање из покрета... Осећао сам да је ово путовање вечност. Не сећам се када сам кренуо, где сам залутао...”

„Страх је сломио оног другог у теби. Посумњао си да је све изгубљено.”

Наслонио сам лице на меку косу. Тај додир ми је био преко потребан. Она је певушила и правила се невешта. Магла је нестала и јутро се рађало. Бакарно сунце миловало је наша лица. Осмехнуо сам се, сетио се.

„Дочекаћу те на једини начин, биће сунчано јутро...” Мирис цвета и врели песак пустиње...

„Не дам греху на тебе! Не дам те, не дам нас! Ја сам она која те не да, да ја сам. Можеш ове речи сматрати песмом, поруком, отрцаним призивањем да се окренеш, али запамти, ми постојимо и нигде нас нема.”

Да ли је било шта постојало? Време, догађаји, заувек одбачени и избрисани? Руком бих повремено замахнуо, пожелео да бацим камен и јурнем сам на војску плашљивих илузија. Желео сам да заувек уклоним наказу која штрчи у гомили.

Одвратан, гадљив израз лица ништа ми не значи. Немоћ. Мој бес, надмоћна немоћ. Иза мемљивих зидова, уплашене очи. Тужне очи, очи пуне љубави које посматрају недодир, невидљивост. Сан и туга су постеља, натопљена без суза. Не, очи неће бити његове! Доста сам сањао чврстог непогледа. Ноћ је мој дан и њега желим.

Долазила је из заборављеног сна. Путокази начичкани, разбацани, прекинути, изнова настављени. Он је ја, он није ја. А она, знала је да је пут препун несигурних мисли. Страст и чежња су сапутници; одбачено сећање и невидљива нада. Топли глас, који се повремено осмехне, кружи у ваздуху и милује кожу. Недостаје ми отисак усана у оку, жудим за ветром. Желим врелину која лед претвара у капи. Знам да је моје време лажно испуњено, али не желим да умрем у паду.

Корачао сам кроз завејану празнину хитрим корацима. Жудео сам и осмехивао се на отргнуте мисли. Магла је сакрила град и чини се да је јутро далеко. На крају сна се назире сунчан дан, мада хладан. Увек је тако, жеља се рађа, буди, али није...

Постојим. Не постојим. Сан је стварност? Сањам боје, а мрак је свуда. Постојим. Не постојим. Свет постоји, а неки други свет је; залутао сам, или све нема смисла, или не видим смисао.

Понирем у други сан, а будан грабим и освајам простор. Мирис раног пролећа ниже ми страсти, испуњава чула. Срећан сам и радосно изневерен. Нека је тако, не живим стварност, она је неподношљива. Знам, све ће се распршити пре краја и нека је тако.

Траје и нестаје. Избрисано је и трагови не постоје. Привид? Уздах недостајања, неиспуњеност? Која реч може описати време између? Крај чаролије, поглед је широм отворен и препун мириса чежње. Чежња је заменила сањарење, ум је прострељен. Туга је забрањена, или било која слабост. Пад се не сме догодити! Ишчекивање и нада остају. Постојим. Не постојим.

Ход је скривен. Кроз прву тешку уснулост бледе светиљке и невидљиви путокази. Искрадам се и отимам умртвљености, безличју. Лутам у недоба и тражим. Нико ме не омета, не опсењује ме. Мирис у мојим чулима је можда пробуђеност. Траг по мени. Јасан путоказ за скривено.

Не спава, звезде никада не спавају. Грабим до краја ишчекивање и нећу да сумњам. Провлачим се кроз тесне замке и оно што не видим постоји — широко, бескрајно поље. Испод модре реке, провлачим се кроз запуштени тунел и на крају сусрећем бесконачност. Тамо постоји све што није постојало. Ово нисам ја. Зашто ме ово подсећа на себе? Испод светлости, будило се промрзло јутро које је каснило. Белина светлости се пробијала кроз угашену ноћ.

Скривен сам. Држим се чврсто за камену ограду и ћутањем одржавам равнотежу. Поглед ништа не опажа. Постоји ли ишта иза магле? Она мора нестати. Али, она неће доћи. Лажљив је свет којим ходам. Празне су речи и мисли, баналности су смисао.

Два раздвојена дана су ме уловила. Укрштено, прострелила ме у слепој улици где се скривам, ту су ме пресрели. Прошли су кроз мене, сударили се у мени, одбили од зида и побегли. Две ране сам осећао. Без крви су, али пеку, чак и крваре. Бол у глави је несносан, тешко дишем и давим се, ноћи су лепљиве, врело тешке. Кривудам између мрачних, тесних ходника.

Лик се не види, деформисан је и изопачен; стопљен врелином са безличним предметима и облицима. На сваком зиду је исто: невидљива, повијена сенка у паду која има привид. Болно је, али мање од исијавања на пространој стази у разређеној, ватром изгорелој шуми. Не желим злурадост која кружи.

Светлост... Неко име име је и тако се изговара. Прати ме у стопу и ћути. Рефлексија, путоказ... Зрак редак који буди, нагло трзне тело. Тачка додира, два раздвојена дана. Ходао бих и даље, много тога желим изнова. Шапат светлости: треба волети себе.

Брисао сам наслаге свежег блата. Скидао га са лица, усана, сасвим полако, без гнева. Утеха је што нема никога у близини, нико неће видети запрљано лице кловна. Мање ме чини смешним и јадним. Одуговлачим, без журбе.

Светлост увек је постојала. Нисам знао за њу, али то ништа не значи. Призивам њен ход и да ме пресретне, заустави. Помислим, она је ту увек била, у сваком часу, она је скривала замке да у њих не упаднем. То само може она, светлост. Призивам њено лутање и изненадни, намерни сусрет. И одзвања ми у уху... Речи... Бекство се вратило, по ко зна који пут. Сада осећам тескобу, неподношљиву. Смишљени догађај, низ околности, поновљена игра и подсмех. Видим лице које ми је одвратно, гадљиво и на крају свега, тужно и збуњено се питам: Зашто?

Бележим, завршавам страницу заустављене повести. Изнова живим, још неколико реченица и све ће остати записано. Она зна све. Она види све јер је светлост. Све што покуша да остане скривено, она види. Крај је, потврђујем да је крај. Кратка и оголена повест баналности. И није крај. Јед се не може оставити.

Исти су кораци искривљеног погледа и привида на стази где ишчекујем. Зло у пуном сјају, смишљам га, са радошћу замишљам и ишчекујем. Видим бол и пад на колена. Уживам невидљив у плесу изживљавања сенке над сенком. И ја сам сенка, увек сам био и сада сам.

Скривена је. Радује се мени. Понавља речи.
„Не дозволи да твој ум замути мржња... осећаћеш се грозно...”
Њена мисао је моја водиља, осмех који ме додирује.

Ишчекивао сам данима повратак. То снажно недостајање било је покретач. Пао бих и рекао да неће доћи. Остао је само тај тихи глас у уху. Уточиште од пораза, наде и живо сећање. Довољно да нађем оправдање, створим сопствено олакшање.

„Хеј! Не волим опсесивност. Плаши ме. Тада заувек побегнем.”

Глас вреле, тешке ноћи. И глас је опсесија.

„Чуј, не бих отишла никада, потребан си ми јер у теби видим себе. Препознајем изразе стања која не видим код других. То није празно обећање, својеглава сам, хистерична... Ма препознајеш ти. Слушај ме сада. Испред тебе је суштина и заокрет. Ускоро, ниси свестан, нећеш бити овај пали човек.”

„Јоооj!”, бесни глас. „Како је тешко све објаснити. Изабрала сам те у мору безличних. У очима гомиле ти си пао, безвредан си за њих. Склањају поглед од тебе, не познају те и волели би да те нема. Зашто? Ходајући, ти их подсећаш на њих. Ја видим другим очима. Оне кажу...”

Стрпљење. Без опсесије, без жеља, изгорећеш као ватра... Њене речи, тихе, смирујуће и глас, глас који испушта мир. Узалуд је, то траје као дејство лека који ублажи гнев. Останем сам, а мисли, искривљене, похрле, буде ме, лове ме. Браним се, на тренутак их посечем, отерам, а оне се врате. Леденом водом спирам ватру. Пустим да клизи и дуго то траје. Да телу буде хладно, да му промени боју, дрхтим у врелој ноћи и помислим да стиже предах и да ће ме умор успавати.

Јутро започињем надом, опрезно, малом жељом. У рађању дана, нестаје и изнова се рађа немир ума и покреће вреле мисли. Одлутам до избрисаног дана, осетим укус пораза. Нови и стари порази, и бескрајно поновљени круг. Питања без одговора.

Сетим се, и тада постајем бесан јер су све наде пале у воду. Ћутање и плес моћи су ме избрисали. Не пристајем да повест потамнелог светла буде погажена. Не желим да све буде хрпа поцепаног папира. А јесте! Сулудо кривудам, сударам се са бетонским зидовима, немам кључ за затворена врата и... Говорим, или лажно храбрим себе.

Ветар наноси прашину снежних планина и она ми је у мислима. И са њом и бес и туга и... још један дан клизавог хода кроз лавиринт. Сачекаће ме будни умор. Светлост, рефлексија... Звезда која се сакрила. Облаци су затворили небо.

„Пао си. Пад је био лет, заборавио си на то. Обрт, ускоро следи велики обрт. Не сањаш то јер су ти сви снови покрадени. Спаваш, а чућеш речи, урезаће ти се. Рекла сам ти, изненада прошетам кроз твоје снове. Чувам их.”

Лаким корацима, сенка је ходала између старих храстова. Стаза је била прекривена месечином. Призор се није могао сачувати у погледу, нестваран је. Сенка је љубила провидни мрак. Заспала је на меком лишћу.

Ја сам један човек. Не, лажем, ја сам и онај други, трећи... Ко зна колико сам њих. Ниједан нисам, нисам ни ја. Пукотине су по мени, све шире, све дубље, тамне и без дна. Изронио сам из претходног дана, ноћи. Пружићу руке, знам да је испред њих привид, али пружићу их. Помислићу да стварно постоји, убедићу себе у то. Испред мене су лица, драга, али не постоје. Мирис постојања и жеље осећам, али не постоји.

Руке ће проћи кроз празнину, као много пута до сада. Поглед ће нестати, ја ћу застати и вртећу се у круг. Од силине кружења, ум ће се замутити. Пашћу и устаћу. Осетићу бол и признаћу себи да сам непријатељ сам себи. Зашто? То је стрела-питање. Одговор не знам, одговор је непотребан. Чему правдање? Коме? Питања у касном дану, у раној вечери, у гашењу. Буђења, жеље и презир.

Чујем реченицу, изнуђену, наметнуту, измишљену... Чујем оправдање да... Врела страст и ледена река. Ја нисам знао да је моје лице од камена. Кораци неће кроз лавиринт. Плачем, ударци ме не боле. Боли понижење... Знам, рећи ћеш да си знао. „Уживаћеш" што си био у праву и нећу ти то признати. Пишем ти, а нећеш читати. Боли ме, (не)модра кожа боли... Био си у праву. Проклета сам. Дозивам те, молим да пређеш праг поноса и пружиш ми руке. Немам права, изиграла сам толико пута све.

Клизи ми празна мисао, спушта се пукотином. Не знам ни шта је у мисли. Ни шта је мисао. Ја сам један човек, други... нисам ја и дан ће исцурети. Одјек таме вришти колико ми недостајеш. Не реагујем, прекорачио сам. Недостајеш ми... Само то никада нећу признати. Недостајем себи, и сенкама затвореног театра. Сала је празна и препуна паучине. Светиљке су прегореле. Само се чује заборављени одшкринути прозор који нарушава тишину ударцем.

Био је дан... Безизлазан, не то није само тај дан, у њему су скупљени скоро сви запамћени дани. А он био је мера њих. Кап је потребна да се све прелије. Демон је весело плесао, ишчекивао је час поклекнућа, пратио ме у стопу, пожуривао ми мисли.

Нагло сам поскочио из умртвљености, тражио сам по простору празнине. Мисли? Пронашао сам свечану кошуљу, скоро да је никада нисам обукао. Чувао сам је за посебну прилику која није стизала. Ципеле нове, изгланцане, сијају под наталоженом прашином. Знак да их никада нисам обуо, чувао сам их за свечану прилику. И сиве панталоне, и њих сам желео носити у свечаном тренутку...

Пронашао сам и скривену кутију са филмовима извађеним из фотоапарата. Ту, на дну полице, потрудила се да је угледам. Скоро да сам заборавио да су ту заборављена сећања. Прва помисао: не желим их, то је све одбачено, нежељено, све је истргнуто сећање. То не постоји. Следећа помисао: Зашто? Зашто проналазим у мраку и враћам све на светлост?

Ако кренем, започећу оно што данима понављам. Ако кренем да делим правичност, она то није. Нагомилани гнев остаће у укусу недужних. Правда рођена у бесу није правда и узалуд су сва оправдања.

Пиштољ је ледено хладан на врелини сунца. И соба је врелија од њега, а пиштољ је хладан. Откочен је и сав бесмисао је ту, спреман сам да га избришем. И време одбија да пролети. Неко ме заварава, канџама гребе по лицу и буди. Чак се и сенка на столици премишља, више није сигурна у одлуку. Мисли су сиве и празне, али се боре. Поглед је одсутан, али није изгубљен. Сунце мање пржи и успављује сенку.

Вече је пријатно, са пуно набујале наде. Не сећам се шта се догађало, или шта се требало догодити... Успомене из мрака сам пресложио и уредно стоје у кутији. Кутија је чиста и обрисана, спремна за нови сан.

Још нешто, не сећам се, још нешто сам требао да урадим.

„Обожавам твоје прсте. Дуги су и немирни...”

„Пун сам немира, мада не делује тако, или тако мислим.”

„Немир се види, много, иако вешто скриваш. Пун си пожуде, то волим код мушкарца. Оно дивље и разуздано. Волиш жене, много их волиш. Волиш чудне, посебне жене. Видим и то.”

Застао сам, трик питање, искушење да ме увуче у мрачну улицу својих потиснутих жеља. Знам да се иза чедности крију ватра и страст и неки болни догађај који је скривала. Никада нисам тражио ниједну њену исповест. Време пред нама отвориће врата која су одшкринута. Можда се никада и не догоди. Сумњао сам да ће је страх и збуњеност укочити, да ће нестати. Био сам опрезан, пажљив, иако бих понекад поклекао пред њеним изливима. Одлазила је, враћала се увек са новим изазовима. Некада би сурово одбијала одговоре. Грубошћу, штитила је крхкост, страх.

„Ово не може бити случајно! Оволико разоткривености која се ниже из дана у дан није случај. Ти, ко си ти? Замишљен си, видим.”

„Увек сам замишљен.”

„Престани са тим, живи. Прекини да постављаш питања. Питања на која тражиш одговор постају бич који те шиба. Никакве одговоре нећеш добити мучећи себе.”

„У праву си”, лаконски сам одговорио.

„Хеј, пробуди се, не лутај. Зашто ме не заводиш? Желим то.”

„Да те заводим? Циљ завођења је освојити, а ти си немогућност.” Зар нисам? И био је болни неуспех.

„Замишљаш ли ме када водиш љубав са...?”

Изненадила ме дрскост. Збунила ме, то нисам очекивао. Као да је желела да разбуди конфузију коју је видела. Да направи буру, да ме изазове. Можда је желела да пређе невидљиву границу.

„Ћутиш. Сада у себи мислиш... Ја сам маштовита, луцкаста. Изненадим, збуним и нестанем. Да ли су сада прецртане границе формалности?”

Ти си Петар Пан, дечак који не жели да одрасте... Сећао сам се те реченице, изненадне. Имала је потребу да од лика који је ходао поред ње, створи стваран лик. Петар Пан, то сам. И ко зна који стварни, измишљени лик, промашен, узалудан.

Понекад, са жудњом сам желео да је поред мене. Желео бих да се оправдам за изненадни нестанак. Признао бих да сам морао побећи услед неподношљивости. Рекао бих јој да се скривам од себе и сећања, да није она узрок, већ ја и моје ћутање. Све бих јој рекао.

Неколико година протекло је од нестанка Н.Н. Тако уопштено, назван је човек који је имао име, презиме. Али он је Н.Н. — нека тако буде, нека постоји непостојање, безименост. Тело никада није пронађено. Никада дотични није уведен у књигу умрлих. Иако је пронађена кошуља са остацима крви и утврђено је да та крв... Пронађен је и доказ о коме се није говорило. Неколико трагова и крај. Река је мирна, спора, а те ноћи ко зна. Можда је била мутна и дивља... Н.Н. није пронађен. Службена белешка остала је без краја и остављен је простор белине да неком другом оловком неко испише последње реченице.

Уснули ходачи кроз време се не сећају. Давно је било, а мера времена је бледило неколико дана и заборав.

Н.Н. — умрли бегунац од себе. Н.Н. — живи, нестали одметник од себе...

Чуо се глас који је ходао по празној соби.

„Куц куц... где си дечаче? Петре Пане, где си? Ма, питам и причам онако, сама са собом. Знам да си отишао. Намерно сам закаснила, да ти покупиш све и нестанеш. Победио си луцкасти дечаче. Победио си нестрпљење, свог најтежег противника. Знам да чујеш сваку реч. Сећаш се када сам те пресрела оног сумрака? Збуњен у бекству... Уплашен од себе. Помислио си, још једна утвара, лице без лица и све је личило на збуњеност и питање: Зар и ти? Била сам груба, охола. Знаш сада да нисам желела да те повредим, једина моја жеља била је да те размрдам, пробудим. Моја најдража мисија, ти! Сваким новим даном био си пробуђенији, другачији, препознавао си све што видиш. Мучио си се да сазнаш ко сам, а ја сам она којој си дао име, настало у твом уму. Ја сам та и нисам та. Нека ти то не буде тешка мисао, име није важно. Срећан ти одлазак. Не враћај се. Све си са собом понео и не жали. Дечаче луцкасти, бићу увек поред тебе.”

Бакарно сунце прекрило је град. Било је све мирно и тихо, без људи. Али, град није био град духова. Људи су испразнили улице остављајући мир. Тренутак којим сам покупио све призоре могао је личити на буђење сунца, зору у којој се рађа.

Сат сам бацио низ реку да отплови, време ми није потребно. Не желим мерење уживања у призору нестварног. Зид је био висок, нагрижен и склон паду, али недоступан. Нисам могао дотаћи највишу тачку и прекорачити га. Сунце је отворило скривени улаз и закорачио сам. Непознато тло, мека трава и знак добродошлице. Лице ми се осмехује јер сам лако савладао непремостиву препреку.

Испред, спирални мост, знак да сам на трагу. Сањао сам га, сада ћу ходати по њему. Магична, непостојећа веза се овог тренутка створила између нас. Мирис реке је опојан, мирис, као стихови, плови и допире... Ја наслоњен на камени стуб, једини посетилац позорнице испуњене тишином.

„Ви сте странац?", чујем глас који не видим.

„То се види?"

„Ваш поглед дуго посматра. То је знак. Неко Вас мора разбудити од песме сирене."

„Зар плитка река скрива ту заводницу залуталих?"

„Није ово обична река. Ни овај мост није само мост. Ни празни град у Вашем погледу није град духова. Сви су чекали госта."

„Гост није дошао и чаролија се изгубила?”

„Гост је гост сунчаном јутру, сенци, залуталом осмеху, не свима.”

„Гост није испунио обећање. Штета. Ја ходам дуго, и нема умора. Све што видим осећам као своје.”

„Посебан је овај град. Нема име, а постоји. Залутали путници га заволе. Мост, чаробан је док ходаш по осећањима. На левој капији путници испишу нешто, оставе отисак себе. Пожеле да заувек буду део њега, да су вечност...”

„Ви сте?”

„Пустињски цвет, кажу. А пустиње нигде.”

„Ја сам...”

„Бегунац, знам ко сте. Не онај бегунац од закона људских. Бегунац од себе...”

Обоје смо посматрали реку. Исту тачку. Ћутали смо.

„Тамо, погледајте...”, прстом је показивала далеку тачку.

„Да, видим, личи...”, несигурно сам потврђивао да препознајем.

„Тамо када закорачите све ће Вам бити кристално јасно. Сада Вас поздрављам, и желим Вам срећан пут.”

„Име, нисте ми рекли.”

„Пустињски цвет, не верујете ми. Мислите да...”

„Само сам збуњен. Причам са Вама и нисте ми далеки... Осећам блискост...”

„Сетићете се”, осмехнула се.

Јуче не постоји у невидљивом сутра, кроз слепило данас.

Неми глас казивао је речи, човек без главе шетао је кроз уређену собу градитеља без руку. У сваком кутку, на зидовима, исијавале су нагореле фотографије. Жена-опсесија?! Мноштво изгорелих рупица је осликавало величанственост. Она у..., она крај, она са..., она, она, она... ОНА.

Мора постојати почетак, тренутак, искра... Мора постојати рука која бележи, око које упија и овековечава, ухо које сања звуке. Мора постојати сан, са страшћу. И крај мора постојати. Крај постоји или је измишљен за оне који немају сан.

Врело је и ледено. Еуфорично и у паду. Оно између клизи кроз посечене слике. Милиони незапамћених тренутака који су недоступни уму, будни у оку. Плес лептира украден у видљивом. Нижу се отргнуте слике саздане од снова, чежњи и горућих страсти. Кораци се понављају. Зграбљена силуета.

Ништа није постојало, није се догодило... Постојало је, јер живи у... Скупљао сам гласове као да сам скупљао цвеће. Кораци су се чули и рупице су светлеле.

Сенка, не видим лице, а слутим да је човек. Повијен, можда. Друга слика? Чега? Неког мучног догађаја или тишина око њега испарава и говори да је занемео. Јак пљусак је, али он не одлази. Упорно и истрајно стоји наслоњен на ограду. Поглед му се назире у реци. Нејасан, али се назире.

„...толико те желим, дивље... која страст извире. И твој поглед који помами моју уздржаност — сада бих да будем твоје све. Шта ми радиш?!!! Ја то желим и немој престати.”

Трећа слика, исијавају ми бројеви. Неки знак? Он је, то је онај бегунац ког сам сусретао непланирано. Лице се види јасније, бес кружи око њега, мржња испарава. Поглед је ужарен и све може изгорети. Бежим, склањам се пред гневом... Осврћем се, не видим га, нестао је...

„...нисам добра, али трудим се да сваким новим даном...”

Звучи ми све познато тај почетак. Памтим то, често сам чуо да реченица започиње фразама. Не, заборавио сам све то. Устао сам задовољан, радост новог дана. Успео сам, завршио сам. Колико пута? Започињала је несвесна мисао. Морао сам да учиним ово. Повлачио сам се неколико пута, склањао се, гушио сопствено постојање. Нисам желео да сам извор несреће. Али...

Није послушала. Хировито, дрско, са надом у заборав, правила је пометњу. Распаљивала је страсти, онда би нестала.

Скривеним порукама би оправдавала све уврнуто, мислила је да никада неће прећи границу, да ће заборав све прогутати.

Не кајем се, стојим иза изнуђеног и повратка нема. Граница, коју нисам исцртао, похарана је и опустошена. Не желим да у свом погледу препознам слабост. Не желим стид и подсмех да се лепе на моје лице. Не сме бити ожиљака.

Све сам изгубио, све лажне жеље и наде су заувек нестале. Али, осећам олакшање и усхићење. Занос ме до звезда носи. Моја рука, нека је и проклета, исукала је мач који није мач. Из ћутања које сам закључао, прокључала је лавина болних речи. Гад сам, али напокон срећан. Ствари су постављене на место и чврсто стоје. Мере су одмерене и само жалим, не могу бити сведок, да видљиво уживам... Само остаје да замишљам и да усхићење путује.

Крвавих очију звери, стајао је над жртвом. Повређен и моћан, скупљеног понижења и беса које је покупио у траговима. Крв се сливала низ лице сенке која је беспомоћно лежала. Лице је било унакажено и непрепознатљиво. Повремено би застао, скупио нови бес... Сенка је жива. Под чизмом звери, удише остатке живота. Под чизмом, посматра лице и мисли како је можда доста, све остаје трајно. Згажени отисак лица у погледу. Соба је била празна и крв се лепила. Сенка је мртвим погледом тражила...

Граница, невидљива, исцртана у лутањима, била је заувек прегажена. Повратак није могућ, никада више.

Дан је од оних које бих радо преспавао, заобишао. И ово беспуће, далеко од свега чему припадам, могу умрети у далекој туђини, сам. Никада више нећу угледати остатке радости које су заспале у сећању.

Празно посматрам улицу. Искрсава ми мисао да ако одшетам, ту иза угла можда се догоди чудо, сачека ме... Не, то није могуће, само обмањујем себе. Сенке нема, соба је празна. Сенка би можда била радосна, чудо се догодило. Можда би носила укус беса. Лице би имало изглед горке закаснелости. Празна је далека соба. Светлост јутра плива по соби, додирује отисак облика уснуле главе. Прекасно је, све ово ништа не значи, сада.

Велики коверат као да је сијао. Та светлост испуњавала је празну собу, собу скривену, удаљену хиљадама километара. Тело наслоњено на столицу, леђима је презирало сјај. Мисли које се нису чуле говориле су да сада је прекасно. Празна тужна тишина.

...

На столу је црвена тачка, папир стоји празан, са њега само сија тамна крв и показује посматрачу отисак шаке. Ситни трагови заваравају нас да има даље и нестају.

Као да трагови на снегу говоре... Путовање је завршено???

Млада жена је стављала кључеве на место. Неколико дана нико није долазио и збунила се када је на рецепцији угледала непознатог мушкарца који је посматрао простор.

„Добар дан, нисам чула да је неко ушао.”

„Добар дан”, усиљено се осмехну непознати.

„Данима никога нема, па сам изненађена и радујем се новом госту. Како могу да помогнем?”

„Изнајмио бих апартман. Желим да останем неколико дана, не више од седам. Желим да платим одмах за седам дана, да, толико ћу остати. Замолио бих Вас да соба буде у приземљу, ако је могуће.”

„Наравно.”

Разговор се брзо завршио, не остављајући простор за неко ново питање.

...

Дани који су следили били су сасвим уобичајени. Једини посетилац одлазио би из апартмана, враћао се у раним вечерњим сатима. Власница би га у пролазу поздравила и ћутање је одисало.

Четвртог јутра, учинило јој се да непознати делује унезверено. Први пут поче размишљати ко је непознати. На благу сумњу, родила се нова. Празни дани и мотел без гостију, сасвим идеално за смишљање неке мистерије, завере. Чак, на тренутак је пожелела да га лукаво заустави, понуди кафом, чајем, да започне разговор.

Радозналост се све више будила.

„Добро јутро”, прекину је глас.

„Добро јутро, баш сам размишљала да Вас понудим кафом, када Ви испред мене. Да ли сте расположени за шољицу кафе?”

„Да, баш сам желео да са Вама поразговарам.”

Мистериозни гост сео је у удобну фотељу изабравши место, као да жели положај са ког ће лакше посматрати.

„Изволите.”

„Ви сте власница мотела?”

„Да, власник, собарица, једини радник”, кроз осмех му потврди.

„Да ли је овај човек био гост?”, извади фотографију и пружи јој да погледа. Изненада, без увода у наредну реченицу.

„Јесте, али он је давно отишао. Сигурно има више од три месеца како је отишао. Миран, културан човек. Ни један једини проблем са њим нисам имала. Једне вечери, отишао је, оставио кључ и нестао. Све је платио унапред, али била сам збуњена; није сачекао јутро, поздравио се и отишао... Био је ћутљив, можда...”

„Можда...”, очекивао је непознати неку нову реченицу, реч која би могла бити решење загонетке.

„Када боље размислим, последњих месец дана пре те вечери чинило се да је нерасположен. То није неуобичајено, свако од нас има слабе тренутке, али то се настављало. Посматрала сам његово лице у пролазу, понекад би ми се учинило да се назиру трагови неког страха, грча... Ви сте полицајац?”, питањем зауставила је свој монолог.

„Не, мада могло би се и тако рећи. Приватни детектив сам и унајмљен сам да га пронађем. Не не брините, није он никакав опасан лик, једноставно, потребно је да га пронађем и да му уручим нешто. Он није мртав?”

„НЕ, зашто би био мртав? Да му се није догодило нешто...”, збуњено погледа непознатог. Кроз њене мисли пролазио је страх, у тренутку и саговорник се учинио као неко ко... Неко ко би можда могао учинити...

„Не брините, немате разлога за уплашеност. То сам питао из разлога зато што су неке непроверене вести дошле до особе која ме плаћа. Могуће је да је он извршио самоубиство. Од тренутка када је напустио Ваш мотел, губи му се траг, као да је у земљу пропао. Неколико дана распитивао сам се овде по месту и нико не зна за његов нестанак. Неки чак и не препознају његово лице. Сада нисам нигде, траг се прекинуо и вртим се у круг...”

„А ко је он, реците ми, зашто га тражите? Молим Вас, реците ми”, скоро хистерично поче му постављати питања.

„Он је неко ко је прошлост једној особи. Давна прошлост. Та жена, сада живи, како бих то рекао, живи другачије него из времена када га је познавала...”

„Не разумем...”, смиренијим тоном је одговорила. „Шта он има са тим? Не верујем да је он човек који има породицу, делује ми као усамљеник који је и самом себи тежак. Ништа ми није јасно...”

„Бићу директан. Да ли сте приметили да, када би излазио, са собом увек носи неку кутију? Да ли је можда имао сеф или...”

„Господине, да ли то желите да ми кажете да га дама која Вас је унајмила тражи зато што он можда поседује нешто...”

„Да, поседује нешто што би јој садашњи живот могло променити. То је разлог мог доласка, али изгледа да је све узалуд?!”

„Не, никада ништа чудно осим те његове узнемирености у последњих месец дана боравка. Невероватно, о Боже, каква мистерија. Ко је он?”

„Он је њена нежељена прошлост. Он поседује нешто што је она спремна да плати и због тога сам дошао. А сада... Изгледа да је мој боравак био узалуд, или...”

„Моја женска интуиција ми говори да то што она тражи не постоји. Унутрашњи глас ми говори да је он далеко. Не бих желела да је мртав. Боже, каква мистерија.”

„Ви сте сигурни у ово што сте ми рекли? Мислите да могу покупити ствари и отићи?”, лукаво је посматрао њену збуњеност. Његово лице добило је исконски израз. Израз лукавог, искусног полицајца ловца. Са оним чудним изразом осмеха, ишчекивао је следећу реч, израз њеног лица, следећи траг.

„Више нисам паметна. Не знам.”

„Све што знате, Ви сте ми рекли? Баш све, ништа Вам није промакло, нисте прескочили неки детаљ... Не плашите се, ово је само разговор, који се није догодио. Нико неће бити повређен, само је циљ да нежељено нестане. И ту је крај, сви ће наставити своје животе. Све ће се заборавити...”

„Све сам Вам рекла. Све... Не, ничега се не сећам више, то је све”, са олакшањем завршила је реченицу, одсутног, спласнулог погледа.

Непознати је устао. Чинило се да је поверовао. Израз лица као да говори, да прича је завршена.

„Желим да Вам се захвалим на разговору”, пружајући јој руку. „Идем, мој боравак је завршен. Још једном хвала.”

„Да, да... поздрављам Вас... желим Вам срећан пут”, осмехнула се, осмехом помешане збуњености, благог страха и некаквог олакшања.

74

Уместо биографије

Крај (не) постоји!

Све вас који прочитате овај рукопис замолићу да испишете крај по сопственом нахођењу. Белине папира има сасвим довољно.

(две даме исписују одговоре на
мушки рукопис)

Од тренутка када сам завршио коначну верзију овог рукописа, желео сам да поред рецензија у књизи буде најмање један одговор на рукопис. Био сам стрпљив, а моје стрпљење (није ми јача страна) било је награђено са два изванредна одговора, осврта, коментара...

Три су услова била. Први да особа која исписује одговор мора бити дама, други услов је да ме не познаје и трећи који се подразумева да се бави књижевношћу. И када сам већ поклекао, у помоћ су ми прискочили двоје драгих људи и пријатеља Бојана Громовић и Ненад Глишић. Препоручили су ми две даме, Јелену Марићевић Балаћ и Данијелу Глишић.

Поштоване Јелена и Данијела, бескрајно сам вам захвалан. Украсиле сте овај рукопис.

Роман *Промицање кроз раздвојене дане* Владимира Радовановића има поднаслов *роман о „догађајима" који се нису одиграли.* Управо поднаслов упућује на однос између стварности и фикције у моделовању романа, наравно, у корист фикције, али и ониричке оптике приповедања. Тако одређена фокализација у вези је и са самим насловом, јер је основно настојање наратора да укине све видове темпоралности у роману. Дани или време кроз које се „промиче" јесте време писања, а како сам чин писања има ауру безвремености, онда се они интензивни и изненадни тренуци љубави спајају и укида било који вид раздвојености. Наратор неретко пише да је заустављајући себе, заустављао време, говори о тренутку који бира себе самог, покушава да дане уреже у срце како би трајали, враћајући време, повратио је сва сећања („крај је био пре почетка, а почетак је био илузија"), време би закључавао у кавез итд. Аспект времена је, дакле, један од кључних интерпретативних елемената, који стоји опозитно у односу на статику простора, која управо тим својим својством иницира приповедање појавом жене са шеширом и штапом, којој је прекривена лева страна лица. Ова жена била би отелотворење самог романа, будући да је оличење мистерије и могућности откривања тајне о томе која се прича крије иза ње.

Владимир Радовановић кроз тај уводни, али и завршни оквир обликује и ниже бројна емоционална и друга психолошка стања безименог јунака (Н. Н.), кроз кратка поглавља нумерички организована, бритке, али и брзе и динамичне реченице и јасан стил приповедања. Може се констатовати да роман *Промицање кроз раздвојене дане* спада у лирску прозу, а да се поглавља, према томе, могу унеколико третирати као прозаиде, повезане свешћу (лирског) јунака. Врло успеле, готово песничке синтагме, попут „одломљене сузе”, реченица које попут пијавица живе у јунаку и хране се његовом крвљу и време које се затомљује у кавез, потврђују ауторов потенцијал на плану имагинације.

Референтна раван романа само на први поглед делује испражњено, ако се изузме да се јунак именује Петром Паном, дечаком који тек треба да одрасте. Међутим, писац је врло успело успоставио дијалог са приповедачким опусом, конкретно такозваним соларним причама, Иве Андрића. Кроз сталну диференцијацију наизглед сличних појмова (самоћа и усамљеност нису исто), игре светлости и сенке, плесова (по леду, моћи, клизавих), олфактивну перцепцију, карактеризацију (личио је на камени стуб), долажење и нестајање вољене жене, персонификацију жеље и нестанак Н. Н. отварају се сложене значењске равни романа. У неизвесном и изненадном појављивању жене, која подсећа на део љубавних игара запажа се Андрићева *Јелена, жена које нема*. Ако је јунак личио на камени стуб, она би била *Жена на камену*, процес његовог нестајања води ка приповеци *Летовање на југу* и чудесном нестанку професора Норгеса. Разлози нестајања или флуидног постојања код Андрића су углавном сугестивни, неексплицитни и односе се на проблематизовање апстрактних појмова, попут лепоте на пример и кроз његов дијалог са прозом Томаса Мана. Владимир Радовановић више улази у свест јунака који нестаје, интересантно суочавајући Андрићеву Јелену са професором Норгесом. Уз то, лајтмотивским премрежавањем романа плесом („сенка плеше као балерина”), твори романескни подијум, који интертекстуално призива приче *Аска и вук, Ћоркан и Швабица* и *Мила и Прелац*. У љубавној игри, унутрашњим ватрама, страстима и мразевима увек је танка линија која дели живот и смрт, опасност од лепоте, платонско дивљење и ону једну сузу из приче *Мила и Прелац*, преломљену перспективом баш једног дечака. У опредељењу за ћутање („дешава се и да ћутљив човек избрише себе”) писац такође иде у корак и одлази корак даље у односу на Андрића, у овом случају реферишући на *Мост на Жепи*.

Лирски интониран, сенчен велом мистерије, кратак и језгровит роман *Промицање кроз раздвојене дане* леп је омаж антологијским приповеткама Иве Андрића, али и самосвојна заокружена, заправо новела о догађајима који се нису одиграли, човеку који нестаје, покушава да избрише себе и жени која одлази и долази. Све то супротстављено је конкретном раму стварности, жени унакаженог лица, којој се свети негдашњи љубавник.

Доц. др Јелена Марићевић Балаћ

ПРОМИЦАЊЕ КРОЗ РАЗДВОЈЕНЕ ДАНЕ ИЛИ ИЗА ГРАНИЦА НЕВИДЉИВОГ

Роман о догађајима који се нису одиграли заправо изнова верује у време смештено између илузије и ничега. Између нестварног и ишчекивања. Иза невидљивих, имагинарних граница писац нас опомиње да постоје илузије. Снови. Вера. Надања су одвећ незаобилазна.

Душевна збивања главног лика (коме не знамо име) приказују субјективни приказ света. Постојећег или не, то сада није важно. Фантазмагорија, фрагменталном наративу, даје кључ сновиђајне маште, можда зато и Ништа пише великим словом. Настајање у нестајању и нестајању „ноћних” призора, пожуде и музе (којој не знамо име) као инспирације. Имена нема, баш зато што свако од нас може разговарати наглас или немушто са својом жељом. Са почетком на крају или са крајем на почетку ове књиге. Са илузијом у књизи или ван ње, која постоји и лепа је и које нема јер није стварна. Тако и писац разговара са празнином која је присутна. Та милост неба која се преплиће кроз сва слова јесте призив гласа. Рефлексија метка. Опсесија умртвљеном празнином која траје. Бег од празнине у последње, емоционално, обојено уточиште дељиво је као и све у овој књизи.

Крај романа понудиће завршетак који сами ишчитавајући дописујемо. По избору, у мушком или женском роду. У улози приповедача, у првом или трећем лицу, као закључак, наставак... То није случајно јер такву белину папира можда писац и намерно оставља због писања другог дела који ће, верујем, бити другачији.

... Све што се није догодило догодиће се у тренутку, жељена скривеност изрониће изненада па и тај сусрет измаштан, у етру, који не квари чаролију. Постоје очи које писац тражи и које по свему судећи имају разлог за уплашеност, али и за интуитивну радозналост кроз дане. Такви дани каткад настављају шкрипу (не)контролисаних одјека смеха и плача. Бескрајне тежње унутрашњих жеља су колоризоване. Баш те боје су покретач оног унутрашњег доброг у борби против оног унутрашњег лошег које се одвија у подсвести било ког појединца. Те и ова књига слично као у индијанској причи о два вука носи поруку и поуку, јер победиће вук који се више храни.

75.

Над безграничној вечности призори уходе ноћ. До њих се дуго путује. Облаци се разиђоше чим жена са шеширом подбочи лице. На њему није било ожиљака, а улицом се ширио пријатан мирис. Неко је подигао жалузине док се месец пријатно огледао по кутији из које је вирила фотографија.

Данијела Глишић, писац

Владимир Радовановић
ПРОМИЦАЊЕ КРОЗ РАЗДВОЈЕНЕ ДАНЕ

Лондон, 2024

Издавач
Globland Books
27 Old Gloucester Street
London, WC1N 3AX
United Kingdom
www.globlandbooks.com
info@globlandbooks.com

Насловна фотографија
Vinicius "amnx" Amano
(https://unsplash.com/photos/
worms-eye-view-photography-of-ceiling-onOGA3JrAw4)